诗
想
者

H I P O E M

生 活 ， 还 有 诗

“过去所出的书，书面上或者找名人题字，或者采用铅字排印，这些都是老套，我想把它改一改，所以自己来设计了。”

——鲁迅

（见钱君匋《我对鲁迅的回忆》）

鲁迅的封面

薛林荣 著

GUANGXI NORMAL UNIVERSITY PRESS
广西师范大学出版社
·桂林·

策划人/ 刘　春
责任编辑/ 郭　静
责任技编/ 王增元
装帧设计/ 唐秋萍

图书在版编目（CIP）数据

鲁迅的封面 / 薛林荣著. —桂林：广西师范大学出版社，2021.10
ISBN 978-7-5598-4215-2

Ⅰ. ①鲁… Ⅱ. ①薛… Ⅲ. ①封面—鲁迅著作研究 Ⅳ. ①I210.97②G256.1

中国版本图书馆 CIP 数据核字（2021）第 173754 号

广西师范大学出版社出版发行
（广西桂林市五里店路 9 号　邮政编码：541004
网址：http://www.bbtpress.com）
出版人：黄轩庄
全国新华书店经销
广西广大印务有限责任公司印刷
（桂林市临桂区秧塘工业园西城大道北侧广西师范大学出版社集团有限公司创意产业园内　邮政编码：541199）
开本：880 mm × 1 240 mm　1/32
印张：10.25　　字数：220 千
2021 年 10 月第 1 版　　2021 年 10 月第 1 次印刷
定价：76.00 元

鲁迅的封面：
表记中国民族知能最高点的标本

（序）

正如中国现代小说开始于鲁迅，又成熟和完备于鲁迅一样，现代书刊装帧设计也肇始于鲁迅，并在他的实践与探索中达到相当的高度。鲁迅堪称中国现代书刊装帧设计的先驱。

鲁迅不是专业美术家，但他在美术上有过人的天赋。陈丹青评价说：“在我能够读到的民国文艺言论中，鲁迅是一位最懂绘画、最有洞察力、最有说服力的议论家，是一位真正前卫的实践者，同时，是精于选择的赏鉴家。”鲁迅不倦整理金石拓片，热情倡导新兴美术，亲自举办木刻讲习会，精心编印欧洲画册，着力培养青年美术工作者，以此引领现代美术革命。同时，鲁迅将民族传统与现代观念相融合，设计了一大批构思精巧、韵味悠长、命意深刻的书刊封面，其设计个案及整体影响，在现代文学史和美术史上无疑具有旗帜意义。

鲁迅设计书刊装帧，是自觉而清醒的艺术追求，他曾对陶元庆说：“过去所出的书，书面上或者找名人题字，或者采用铅字排印，这些都是老套，我想把它改一改，所以自己来设计了。”鲁迅对书刊装帧艺术的重视和全新的美术观念，使他的设计一出手便卓尔不群、超凡脱俗。

鲁迅一生亲自设计和指导设计的书刊封面逾百种，不少是现代书刊装帧设计的翘楚之作。本书梳理的82个鲁迅著译初版本的封面，即可见其大略。鲁迅倡导的装帧思想，是“以新的形，尤其是新的色，来写出他自己的世界”，“内外两面都和世界和时代思潮合流，而又并未梏亡中国的民族性”。（《当陶元庆君的绘画展览时》）正是出于对“新的形”“新的色”“民族性”的追求与弘扬，鲁迅设计和参与设计的封面，成为现代文学最醒目的一批“门面”。

鲁迅把书籍看作一个完美的整体，从插图、封面、题字、装饰、版式、标点，直到纸张、装订、书边裁切都非常细心考究。《呐喊》的封面简洁有力、静穆庄重，是新文学封面由传统形态向现代形态过渡的典范，对现代书籍装帧具有开拓的意义；“《彷徨》的书面实在非常有力，看了使人感动”；《苦闷的象征》“被了凄艳的新装”；《桃色的云》《唐宋传奇集》《国学季刊》等书刊的封面均得益于汉画像石图案……每一个封面，都对应着现代文学史的某一段落，都是对现代文学和现代美术精神面貌的独特贡献。

鲁迅具有非常扎实的小学功底，善于使用不同美术趣味的字体设计封面，把中国文字“写字就是画画”的美学意蕴发挥得淋漓尽致。他的一大批只以文字设计的封面，图案意匠与文字装饰互相衬托，举手投足皆是大家气象——《热风》《华盖集》

《华盖集续编》《而已集》《三闲集》《二心集》《南腔北调集》《伪自由书》《准风月谈》《花边文学》《且介亭杂文》等，封面都由鲁迅手写书名及作者名，文字或横排，或竖排，或位于白底左上，或置于封面右侧，或推于书眉附近；有的书名圈以花边以应其名，有的书名饰以拼音以拟其声，有的书名盖以朱印以映其趣，有一种大匠冶铁般的从容不迫与雍容大度，散发着鲁迅书法特有的人文光泽，成为现代文学珍贵的封面版式。

对于译作的封面，鲁迅擅长使用外国图案，以求形式与内容的契合。如《域外小说集》封面排印着一幅文艺女神在日将破晓的微光中弹奏竖琴的长方形版画；《小约翰》未名社再版的封面，采用了勃伦斯的《妖精与小鸟》；《近代美术史潮论》的封面母本是凡·高的名作《播种者》……中西合璧的图文趣味、笔墨趣味和金石趣味，体现了“拿来主义”的思想，引人咀嚼，耐人寻味，发人深思。

鲁迅不仅为自己的著作设计封面，还参与了众多同时代作家著作的装帧设计，在杂志的封面设计上也倾力不少。比如高长虹的诗文集《心的探险》即是“鲁迅掠取六朝人墓门画像作书面”，这是鲁迅追求装帧艺术的东方情调所做的大胆创造和自觉尝试。

鲁迅的美术思想非常包容开放，对美术家的要求也非常苛刻犀利。“我们所要求的美术家，是能引路的先觉，不是‘公民团’的首领。我们所要求的美术品，是表记中国民族知能最高点的标本，不是水平线以下的思想的平均分数。”(《热风·随感录四十三》）在设计封面的过程中，一批顶尖的美术家团结在他周围，陈师曾、沈兼士、沈尹默为之题签或书写书名，陶元庆、孙福熙、钱君匋、陈之佛，甚至凡·高、武者小路实笃的画作为他所用。他介入美术之深，结出果实之繁，令人惊叹。

总之，鲁迅创作和设计的书刊封面是现代文学和美术的重要收获，今天看来“不但依旧生猛、强烈、好看、耐看，而且毫不过时”。鲁迅的封面，正是“表记中国民族知能最高点的标本”。对鲁迅封面设计的梳理与考察，既是对中国书籍装帧设计现代性进程的回望，也是对中国现代文学某些精神走向的审视。

薛林荣

2021年4月8日于甘肃天水

目录

“以三十元出售，改了别人的名字了”

——《月界旅行》（1903年10月）

《月界旅行》，法国儒勒·凡尔纳（1828—1905）著，鲁迅在日本东京弘文学院留学时，根据井上勤的日译本转译，1903年10月由东京进化社出版，署“中国教育普及社译印”，24开本。

封面隶书竖写书名，顶端以字号较小的隶书分两行标明“科学小说”。

《月界旅行》是凡尔纳于1865年出版的小说，讲述了美国巴尔的摩城大炮俱乐部主席巴比康准备向月球发射一颗炮弹，建立地球与月球之间的联系，法国冒险家米歇尔·阿当获悉这一消息后，建议造一颗空心炮弹，他准备乘这颗炮弹到月球去探险的故事。鲁迅误认为该书著者是美国的培伦，《辨言》里说：“培伦者，名查理士，美国硕儒也。”大约是日译本之误。

《月界旅行》原名《从地球到月球》，当时采取卖稿的方式，没有署译者姓名，并且“改了别人的名字”。1934年，鲁迅在

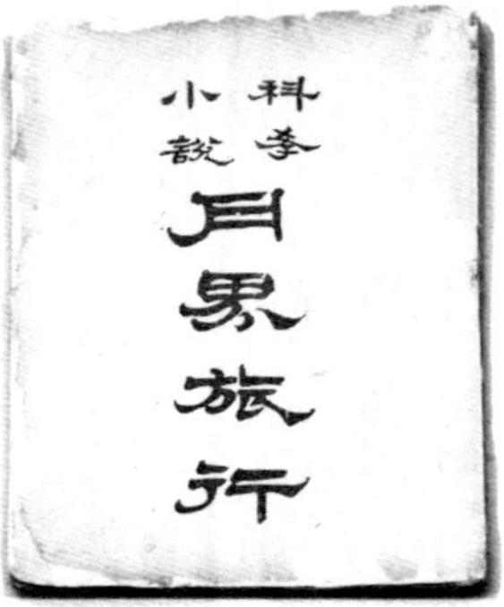

写给杨霁云的信中说:“三十年前，弄文学的人极少，没有朋友，所以有些事情，是只有自己知道的。……那时还有一本《月界旅行》，也是我所编译，以三十元出售，改了别人的名字了。”（书信340506致杨霁云）

该书日译本分28章，鲁迅缩成14回。当时欧美和日本的翻译没能忠于原著，凡尔纳大多数作品被译成了娱乐化的科学冒险小说，鲁迅翻译的意图则是:“故掇取学理，去庄而谐，使读者触目会心，不劳思索，则必能于不知不觉间，获一斑之智识，破遗传之迷信，改良思想，补助文明，势力之伟，有如此者!”（《月界旅行·辨言》）

在翻译《月界旅行》时鲁迅曾惊叹:“中国人做梦梦的是金榜题名，洞房花烛，而法国人却在幻想征服月球。”“故苟欲弥今日译界之缺点，导中国人群以进行，必自科学小说始。”他从风靡全球的进化论出发，认为人类作为有“希望进步”的生物，“殖民星球，旅行月界”的梦想，终将实现。

这是鲁迅最早的文言文译著，文气介于章太炎和林纾之间。

“虽说译，其实乃是改作”

——《地底旅行》（1906年3月）

1906年3月，鲁迅又根据三木爱华和高须墨浦的合译本，翻译了凡尔纳1864年写成的另一本科幻小说《地心游记》，改名为《地底旅行》。文言章回体，凡12回。日本东京印刷，南京启新书局和上海普及书局发行，32开本，较《月界旅行》略小。

小说的主要内容是：列曼教授和他的侄儿亚蔼士在一位向导的帮助下，经由冰岛一个暂时沉寂的火山口，历经险阻，终于抵达地心，最终奇迹般经由一次火山爆发，从地中海那边另一个火山口喷出，回了地面。

译本署名“著者美国威男，译者之江索士”。“威男”是凡尔纳的音译，但籍贯仍被误为美国。“之江”指钱塘江，古称浙，指代鲁迅的籍贯。索士是鲁迅早年用过的笔名。“《浙江潮》中所用笔名，连自己也忘记了，只记得所作的东西……还有《地底旅行》，也为我所译，虽说译，其实乃是改作，笔名是‘索

地底旅行

子'，或'索士'，但也许没有完。"（书信340506致杨霁云）

《地底旅行》是鲁迅作品装帧设计中第一次使用图案画。封面上方，书名"地底旅行"四个红色楷体自右向左依次走低倾斜排开。海涛拍岸，两艘桅船在远处乘风破浪前进，状似富士山的大山顶部喷出了火山的岩浆，浓烟顺着风势向远处飘去，使人依稀感受到地底下蕴藏的无限力量。这一封面图画与小说内容很契合。

"盖科学者，以其知识，历探自然见象之深微，久而得效，改革遂及于社会，继复流衍，来溅远东，浸及震旦，而洪流所向，则尚浩荡而未有止也。"（《坟·科学史教篇》）鲁迅所经历的19世纪末至20世纪初，西方先进科学文化浩荡未止。鲁迅的译作，一出手便站在这股潮流的峰头。

《月界旅行》和《地底旅行》因为出版较早，已成鲁迅译著版本珍品。唐弢先生说："我寻找多年，一直没有获睹庐山真面目。1954年冬，上海书商从浙江镇海乡下觅得《月界旅行》一册，携来求售，索价奇昂，踌躇再四，终于还是把它买了下来。不久，上海鲁迅纪念馆也购得了《地底旅行》一册，为了使两书能够相映成辉，1956年鲁迅逝世二十周年纪念时，我就把这册《月界旅行》送给了新建的鲁迅纪念馆，使鲁迅先生所译的儒勒·凡尔纳的作品，能够同时展出，合成全璧，也算是一个小小的心愿。"（《科学小说》）

“实吾国矿学界空前之作”

——《中国矿产志》（1906年4月）

《中国矿产志》，江宁顾琅、会稽周树人（鲁迅）合纂，1906年4月日本东京并木活版所出版，日本本邦信印刷，南京启新书局、上海普及书局、日本东京留学生会馆发行，大32开本，附有中国矿产全图一幅，书后有《中国各省矿产一览表》，计109页。

此书是典型的清末书籍样式，封面没有使用图画，底色为亮黄色，书名“中国矿产志”五字繁体竖排于封面正中，上端半弧形排列“国民必读”四字，右侧为“江宁顾琅、会稽周树人合纂”字样，左侧为“附中国矿产全图”字样。

这是鲁迅公费留学日本，在弘文学院强化日语学习期间，与顾琅合作编撰的中国第一部记述地质状况和矿产资源的著作。此书既有草创之功，又臻于完备，是二人对自己矿务学专业的一次总结。

该书的作者其一顾琅，原名芮体乾，江苏南京人，是鲁迅

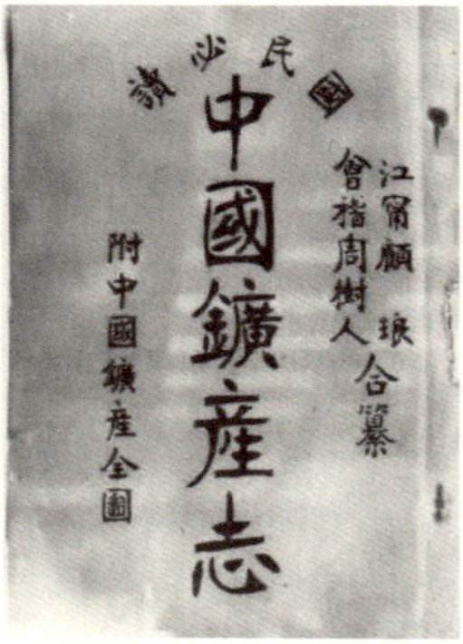

在南京矿路学堂、日本弘文学院时的同学。顾琅从日本东京帝国大学毕业后，曾回国任天津直隶高等工业学堂教务长、奉天本溪湖煤矿公司技师等。

18世纪后，德国、匈牙利、俄国等国科学家先后到中国考察地貌，有文章问世。中国拥有丰富的矿产，国人却无专门著述，鲁迅心颇忧之，他在《而已集·革命时代的文学》中曾明确表示：“我首先正经学习的是开矿，叫我讲掘煤，也许比讲文学要好一些。”足见他对自己所掌握的地质矿物学知识的自信。

为了写作这部专著，鲁迅“特搜集东西秘本数十余种，又旁参以各省通志所载，撮精删芜，汇为是编”。特别是接触到日本农商务省地质矿山调查局的秘本《中国矿产全图》后，鲁迅“急转借摹绘，放大十二倍，付之写真钢版以供祖国，图中并附世界各国地质构造图二张，尤便于学者之参考”。

《中国矿产志》以文言文写成，由《例言》《导言》四章六节和《本言》十八章三十六节组成，当时在日本游历的上海复旦公学校长马良（主张抗日的著名爱国老人马相伯）作序言，他说："顾、周两君学矿多年，颇有心得。慨祖国地大物博之无稽，爰著《中国矿产志》一册，罗列全国之所在，注之以图，陈之以说，使我国民深悉国产之所自有，以为后日开采之计，致富之源，强国之本，不致家藏货宝为他人所攘夺。"这也道出了鲁迅编著《中国矿产志》的目的，就是为了让国人知道家底，将矿产作为"致富之源，强国之本"来对待。

鲁迅为此书的出版亲撰广告，评价它"搜辑宏富，记载精细"，并自信地说是"实吾国矿学界空前之作"。

《中国矿产志》一出版，就产生强烈反响，1906年12月增订再版，1907年1月增订三版。清政府农工商部高度评价《中国矿产志》，学部批准其为"国民必读"书，以及"中学堂参考书"。

“书面篆字，实非太炎先生作，而是陈师曾所书”
——《域外小说集》（1909年）

1909年，周氏兄弟在日本得到同乡银行家蒋抑卮150银圆的资助，翻译出版了两册《域外小说集》，由日本东京神田印刷所印制。第一册出版于1909年2月，印1000册；第二册出版于1909年6月，印500册，均为32开毛边本。

出版《域外小说集》是周氏兄弟第一次在事业上合作，“当时中国流行林琴南用古文翻译的外国小说，文章确实很好，但误译很多。我们对此感到不满，想加以纠正，才干起来的”。周作人专事翻译，鲁迅翻译之外，还负责设计和印刷。

《域外小说集》封面使用的是一种蓝色的“罗沙纸”(青灰色的磁青纸)，上方排印一幅长方形版画：绿树成荫的山坡上，一位妩媚娟秀的古希腊少女（文艺女神缪斯）在日将破晓的微光中弹奏竖琴，冉冉东升的旭日和欢快的小鸟使整个大地充满了蓬勃生机，寓意着文化曙光。正如书中序言所说：“异域文术新宗，自此始入华土。”

书名使用了篆体，因为鲁迅认为“篆字圆折，还有图画的余痕”。为此，他特地找到同乡好友陈师曾题写了小篆书名，为右起横写:“或外小说亼”，书法圆润秀挺。“或”是“域”字的篆书简体，“亼”是篆书“集”字。书名下端标第几册，极优美。使用这一字体，体现了鲁迅对小学的偏爱，缺乏古文字功底的读者，是很难认出这一书名的。

陈师曾（1876—1923）和鲁迅是浙江同乡，也是鲁迅在教育部时的同事，二人关系甚密。鲁迅1935年4月30日致钱杏邨的信中说:“至于书面篆字，实非太炎先生作，而是陈师曾所书，他名衡恪，义宁人，陈三立先生之子，后以画名，今已去世了。”陈师曾在当时的画坛成绩斐然，梁启超评价:“陈师曾在现在美术界，可称第一人。”鲁迅在教育部工作时期，经常和陈师曾一起逛琉璃厂的一些古玩商店，购买、互赠金石拓片。鲁迅对陈氏的绘画极欣赏，在《北平笺谱》序中说:“及中华民国立，义宁陈君师曾入北京，初为镌铜者作墨合[1]［盒］，镇纸画稿，俾其雕镂；既成拓墨，雅趣盎然。不久复廓其技于笺纸，才华蓬勃，笔简意饶，且又顾及刻工省其奏刀之困，而诗笺乃开一新境。”

《域外小说集》的封面有别于当时流行的月份牌式的封面画，整幅书面配置得错落有致，典雅古朴，赏心悦目，且具异域色彩，有一种朴素而明朗的美感，为新文学封面设计开拓了新境界，带来了新风气。

由于得到资助，此书印得比较考究，内页用上好洋纸。定价便宜，写明是小银圆三角。扉页右上角印有两行文字：“《域外小说集》第一（二）册，会稽周氏兄弟纂译。”第一册出版于1909年2月21日，第二册6月11日印成。书的发行人署本名：周树人；印刷者：长谷川辰二郎；印刷所：神田印刷所；总寄售处：上海英租界后马路乾记弄广昌隆绸庄。后马路就是后来的宁波路，广昌隆正是资助者蒋抑卮开的铺子。

《域外小说集》开创了多个新文学第一：第一部采用新式标点的文学作品，第一部直接从英文、德文原文翻译成中文的外国短篇小说集，第一部介绍东欧文学作品的小说集，第一部译介悬疑、恐怖（爱伦·坡）小说的小说集等。

《域外小说集》还是我国毛边本图书的滥觞。所谓“毛边本”，该书《略例》这么介绍：“装钉均从新式，三面任其本然，

①编者按：此处引鲁迅原文。其中“合”现行规范汉字应为“盒”。本书所引时人文章皆保留原文，对有碍理解的个别字进行了标注，其余不再另行说明。

不施切削；故虽翻阅数次绝无污染。……且纸之四周，皆极广博，故订定时亦不病隘陋。”

“三面任其本然，不施切削”就是毛边本。鲁迅后来在《华盖集·忽然想到》里阐述他的装帧美学，进一步解释了喜爱毛边书的理由：“较好的中国书和西洋书，每本前后总有一两张空白的副页，上下的天地头也很宽。而近来中国的排印的新书则大抵没有副页，天地头又都很短，想要写上一点意见或别的什么，也无地可容，翻开书来，满本是密密层层的黑字；加以油臭扑鼻，使人发生一种压迫和窘促之感，不特很少‘读书之乐’，且觉得仿佛人生已没有‘余裕’，‘不留余地’了。”

对于毛边书的喜爱，周作人与乃兄步调一致：“第一，毛边可以使书不大容易脏，——脏总是要脏的，不过比光边的不大容易看得出。第二，毛边可以使书的‘天地头’稍宽阔，好看一点。不但线装书要天地头宽，就是洋装书也总是四周空广一点的好看；这最好自然是用大纸印刷，不过未免太费，所以只好利用毛边使它宽阔一点罢了。”（《毛边装订的理由》）

通过出版《域外小说集》，周氏兄弟成了中国版本学家眼中的“毛边党”鼻祖。

1920年，鲁迅在重印版《域外小说集》序中说，此书每集在东京只卖去20本就再也没有人买了，上海的寄售处听说也不过卖出了20册上下，于是第三册只好停版，已成的书，便都堆在上海寄售处堆货的屋子里。过了四五年，这寄售处不幸着了火，书和纸版，都连同化成灰烬。鲁迅哀叹：“我们这过去的梦幻似的无用的劳力，在中国也就完全消灭了。”1932年1月16日，鲁迅在写给增田涉的信中，再次介绍了这本书的命运：“总之，在那年（一九〇七或八年）开始，也就在那年结束，只出了薄薄的两集。余书（几乎全部是余书）在上海和书店一起烧掉了。所以现存的便成珍本。但谁也没有珍视它。”

生不逢时，又遭火患，因此，据业内估计，《域外小说集》目前存世量不足10册，被称为“新文学的善本”，用唐弢的话讲，有资格进入新式黄荛圃的“百宋一廛”中去了。2007年，在中国书店秋拍中，一本《域外小说集》（第一册）拍出了27万（含手续费29.7万）的高价。

20世纪初，《域外小说集》的出版是一缕曙光，在鲁迅的文学事业及中国现代翻译文学史上均有十分重要的地位。胡适在《五十年来中国之文学》中说：“十几年前，周作人同他的哥哥也曾用古文来译小说。他们的古文功夫既是很高的，又都能直接了解西文，故他们译的《域外小说集》比林译的小说确是高得多。”胡适这段有关《域外小说集》在翻译文学史上地位的论述，很是公允。后来，阿英在《晚清小说史·翻译小说》中，也认为“当时最感到寂寞，而后来成为五四直译运动前车的另一派译家，那就是周树人（鲁迅）兄弟”。周氏兄弟忠实于原著的“直译”，在当时是开风气之先的创举，意义非同寻常。

施洋银六十元印送功德书一百本

——《百喻经》（1914 年 9 月）

鲁迅事母至孝。由于父亲去世早，鲁迅的孝心，都倾注在母亲身上。

1916年，鲁迅在教育部供职，12月是母亲六十大寿，鲁迅先寄回60元钱，生日将近时，又特意从北京赶回绍兴为母亲祝寿。祝寿自然要摆筵席，要祀神祭祖，周家新台门宾客满桌，聚笑晏晏。鲁老太太爱听平湖调，鲁迅还特意邀请平湖调演员来家里唱堂会。这一天家里热闹非凡，是鲁老太太最高兴最欣慰的一天。《鲁迅日记》1916年12月13日载："旧历十一月十九日，为母亲六十生辰。上午祀神，午祭祖。夜唱'平湖调'。"

为了给母亲祝寿，鲁迅还专门出资刊刻了佛教名典《百喻经》。

《百喻经》又名《百句譬喻经》，是佛教寓言集，原名《痴华鬘》，是印度高僧天竺大乘法师伽斯那所撰，南北朝时，一

位到中国传教的印度僧人求那毗地第一次将其译成汉文。《百喻经》共讲故事98则，号称“百喻”，是一部充满了哲理的书，语言精练古朴，故事多从生活中来，可读性很强。此经原无单刻本，在浩如烟海的经藏里不易见到，因此流传并不广。鲁迅之所以在浩瀚的佛教典籍中选择刊刻《百喻经》，即是为了广为流布此经的一个发愿。

鲁迅并不是佛教徒，但很是精通佛教文化。据许寿裳回忆，“民三以来，鲁迅开始看佛书，用功很猛，别人赶不上”。民三即是1914年，这一年鲁迅请购《选佛谱》《三教平心论》《法句经》《释迦成道记》《金刚般若经》《发菩提心论》《大乘起信论》等佛教书籍达80余种。他不仅自己看佛书，还不断往家里寄，如4月寄《释迦如来应化事迹》三册，6月寄《佛教初学课本》等，7月寄《起信论》等七本以及《续高僧传》等。此外鲁迅还买了大量的寺碑、庙碑、塔铭等佛教碑帖，并曾用13个晚上抄录《法显传》12900余字。佛籍为鲁迅提供了许多养料，鲁迅总能在佛籍中寻找到某种精神，从《法显传》中，他就看到了“舍身求法”的精神。在1934年撰写《中国人失掉自信力了吗》一文中，他认为那些埋头苦干的人、拼命硬干的人、为民请命的人、舍身求法的人，就是中国的脊梁，有力地驳斥了“中国人失掉了自信力”的论调。鲁迅是从文艺、哲理的角度研究佛经的，把佛经当作人类思想发展的史料看待。1928年，鲁迅到杭州游西湖，知客僧向鲁迅大谈佛学，反被鲁迅说倒。

鲁迅为什么刊刻《百喻经》呢？六朝佛经翻译极盛，在思想内容和文章体式上，对后世影响极大。鲁迅向来爱好魏晋文章，他把《百喻经》当作一部寓言集看待，这是鲁迅刊刻《百喻经》的美学出发点。同时，鲁迅的母亲笃信佛教，为母亲寿辰刊刻佛经以为功德，这则是鲁迅刊刻《百喻经》的精神动力。

鲁迅刻印《百喻经》动手早，在母亲六十寿辰前两年就已经开始着手，委托的是金陵刻经处。《鲁迅日记》1914年7月29日载：“托许季上寄金陵刻经处银五十元，拟刻《百喻经》。”金陵刻经处系晚清学者、佛学家杨仁山先生（1837—1911）于1865年开办，是一所专门刻印佛经古籍的刊行所，以刻工精良称著，至今尚在。许丹（1891—1953），字季上，是鲁迅在教育部的同事，佛教徒，精梵文，曾在北京大学讲授过印度哲学，与刻经处有谊。许季上曾送给鲁迅一部《等不等观杂录》，就是金陵刻经处创始人杨仁山的著作；他又曾赠给鲁迅《劝发菩提心文》《大唐西域记》《金刚经嘉祥义疏》《梦东禅师遗集》等书，多为金陵刻经处的印刷品。托许季上与金陵刻印处联系刻经，可谓稳妥。

1914年10月7日，鲁迅“午后寄南京刻经处印《百喻经》费十元”。1915年1月11日，“《百喻经》刻印成，午后寄来三十册”。《百喻经》当时只刻印了100部，前后汇款洋银60元，余资6元刻了《地藏十轮经》。这个刻本为线装一册，每半页10行，一行20字，共56页。书后附录：“会稽周树人施洋银六十圆，敬刻此经，连圈计字二万一千〇八十一个，印送功德书一百本。余资六圆，拨刻地藏十轮经。民国三年秋九月金陵刻经处识。”鲁迅捐资刻版的《百喻经》原版共30块，两面刻字，上面涂有灰色香墨，解放后仍完好地保存在南京金陵刻经处。“文革”前，每年都要利用原版为读者加印二三百部，可见功德广布。

《百喻经》刻成后，鲁迅将其用来赠送友人。如赠许季上10册、周作人6册、许寿裳4册、钱稻孙3册，戴芦舲、汪书堂、季自求、陈师曾、蒋抑之、陈公猛、朱造五、夏司长、汤总长、梁次长各1册。1916年12月鲁迅回绍兴省亲，为母亲祝寿，自然也带了这部佛经。

1926年5月，鲁迅又出资赞助王品青校点《百喻经》，自己亲自作了题记，以原书名《痴华鬘》，交上海北新书局出版。书为线装，用蓝泥精印，天地宽阔，钱玄同题签，极其典雅。全书分为上下两卷，合为一集，可视作《百喻经》的另一印本。鲁迅为母亲祝寿刻印《百喻经》时，没有评论过此书。十年后，他为王品青校点的《痴华鬘》作了题记，可看作当年刻印《百喻经》的补充说明，显得意义非凡。鲁迅说："佛藏中经，以譬喻为名者，亦可五六种，惟《百喻经》最有条贯。""王君品青爱其设喻之妙，因除去教诫，独留寓言，又缘经末有'尊者僧伽斯那造作痴华鬘竟'语，即据以回复原名，仍印为两卷。"鲁迅把这部书作为佛教文学来看，虽说都是佛家的寓言，但"智者所见，盖不惟佛说正义而已矣"。这部"除去教诫，独留寓言"的佛教文化经典为当时的中国文坛增添了一道异彩。现在要想找一本王品青校点、鲁迅作题记的《痴华鬘》，实非易事。

孝敬父母的方式可以多种多样，但像鲁迅这样通过刊刻佛典广为结缘的例子，在现代作家中独树一帜。《百喻经》自1915年起始有单行本，成为一部独立的经书。北新书局正式出版《痴华鬘》后，这部藏经楼中的宝典才为更多的人所熟知。这是鲁迅所做的功德，也是现代文学史上"钦崇慈亲、孝心肃祗"的典范，后人每一提及，莫不欢喜赞叹。

陈师曾题写书名，绍兴许广记刻书铺刻书

——《会稽郡故书杂集》（1915年2月）

《会稽郡故书杂集》，鲁迅、周作人辑佚刊刻，收关于古会稽郡（今浙江绍兴）史地佚书谢承《会稽先贤传》、虞预《会稽典录》等八种，均为乡邦文献。初版于1915年2月，在绍兴以会稽周氏的名义木刻刊印。此书义例严谨，搜罗宏富，辑文完善，考订精审，是周氏兄弟携手合作的重要成果，也是辑佚和编刻乡邦文献的范本。

周氏兄弟编刻《会稽郡故书杂集》是受了甘肃学者张澍编刻《二酉堂丛书》的启迪。“二酉”指大酉、小酉二山，在今湖南省沅陵县西北，二山皆有洞穴，相传洞中有书千卷，秦人曾隐学于此，后即以“二酉”称丰富的藏书，“学富五车，书通二酉”即此谓也。周作人曾说：“清代辑录古逸书的很不少，鲁迅所最受影响的还是张介侯的《二酉堂》吧。”张澍（1776—1847），字时霖，号介侯，清代甘肃武威人。嘉庆进士，官云南石屏知县。此书收关陇著述佚本、孤本36种，道光元年

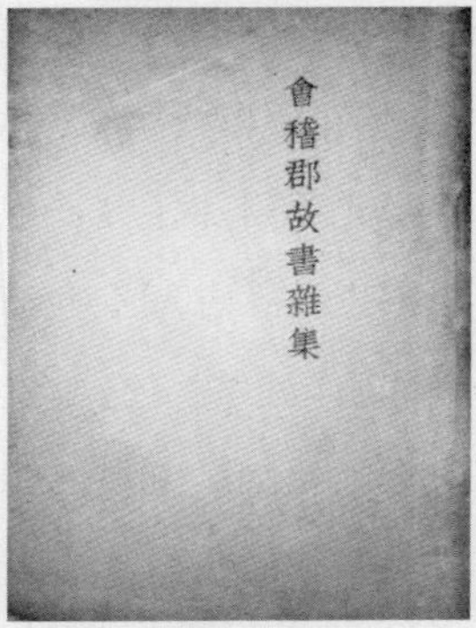

《会稽郡故书杂集》1941 年版书影

(1821年)刊刻，西北地方文献重要资料，略见于此书。据周作人撰文回忆，鲁迅在绍兴买的最特别的一部书便是《二酉堂丛书》，“这是武威张澍所刻的辑录的古书，与后来买到的茆泮林的《十种古逸书》同样的给予鲁迅以巨大的影响”。在此书的影响下，“鲁迅立意辑录乡土文献，古代史地文字，完全是二酉堂的一派”。

《会稽郡故书杂集》序言中说：“尝见武威张澍所辑书，于凉土文献，撰集甚众。笃恭乡里，尚此之谓。而会稽故籍，零落至今，未闻后贤为之纲纪。”于是萌发了结集之念，“就所见书传，刺取遗篇，累为一帙”。鲁迅辑佚会稽乡邦文献，目的是“叙述名德，著其贤能，记注陵泉，传其典实，使后人穆然有思古之情”，“用遗邦人，庶几供其景行，不忘于故”，殷殷乡情溢于言表。

这项辑录工作早在鲁迅任绍兴师范学堂校长时就开始着手

了。1912年鲁迅北行之后，虽然“京师视古籍为骨董，唯大力者能致之耳。今人处世不必读书，而我辈复无购书之力”，但还是先后购买了《於越先贤象赞》《於越先贤祠目序例》《嘉泰会稽志并续志》《会稽王氏银管录》《两浙金石志》《越中金石记》《听桐庐残草》《会稽掇英总集》等与会稽郡相关的古籍，可见对乡邦文献的重视。1914年夏，周作人将存于绍兴的《会稽郡故书杂集》散稿寄到北京，交由鲁迅辑录。这一年鲁迅34岁，在教育部供职。周作人30岁，在浙江省立第五高级中学当英文教员。从此周氏兄弟开始集中精力着手整理会稽郡古籍。二人有一个基本分工，即周作人搜集到古籍后马上寄给鲁迅辑佚，鲁迅整理定稿后寄到绍兴，交由周作人刻版印刷。

《会稽郡故书杂集》刻录出版的进程是：1914年6月至10月辑录文字。如6月30日，周作人寄孔灵符之《会稽记》，鲁迅后来作《孔灵符〈会稽记〉序》。7月1日，鲁迅下午小睡后，起写晋代虞预撰《会稽典录》至夜。7月10日，鲁迅收周作人寄晋代贺循撰《会稽记》。7月15日，鲁迅收周作人寄谢承撰《会稽先贤传》。辑佚需要缜密细致的考证，并和文献各学科相结合。鲁迅搜罗之勤劬，考证之严谨，允推独步。他每辑录一种古籍，收集辑佚参考资料的范围都十分广泛，几乎要穷尽各代类书、笔记杂说、历代文集、典章文物、郡邑佚文、人物传记、石窟遗简、各家辑本等，并将辑佚与校勘、目录、版本各学科紧密结合。

1914年11月，鲁迅作序，草成书稿。至本月3日，鲁迅共完成《〈会稽郡故书杂集〉序》和《〈会稽郡故书杂集〉引序》八则：传序、典录序、后传序、象赞序、土地记序、贺记序、孔记序、地志序。《序》载本年12月20日《绍兴教育杂志》第2期，借署周作人名，《引序》未另发表，后均收入《会稽郡故书杂集》。8日，鲁迅寄周作人《绍兴许广记刻书铺刻书条例》一纸，当为刻书注意事项或协议之类。10日，鲁迅寄周作人《会稽郡故书杂集》草本三册。12日，《会稽郡故书杂集》编讫，共收谢承《会稽先贤传》、虞预《会稽典录》、钟离岫《会稽后贤传记》、贺氏《会稽先贤象赞》、朱育《会稽土地记》、贺循《会稽记》、孔灵符《会稽记》和夏侯曾先《会稽地志》八种。前四种记载古代会稽的人物事迹，后四种记载古代会稽的山川地理、名胜传说。全书有总序，所辑各书前另有小序。所录佚文大都辑自唐宋类书及其他古籍，并经相互校勘补充。书成后，鲁迅将初稿寄至绍兴。23日，周作人在绍兴校阅了《会稽郡故书杂集》稿，25日至清道桥许广记刻字铺定刻木板。

1915年2月12日，《会稽郡故书杂集》样书寄到鲁迅手中。4月10日，鲁迅得钱玄同（中季）信并《会稽郡故书杂集》书面一叶。信中说："委件又迟了许久，未曾报命，歉仄万分。弟不善作篆，真书虽拙劣犹或稍愈于篆，故改写真书，未识可用否？久未报命，或足下迫不及待已别倩人书写付刊，则弟可以掩丑，甚冀幸也。"信中所说"委件"即钱玄同所书《会稽郡故书杂集》书面。鲁迅想要钱玄同写篆体书法，但钱玄同写了真体书法。因迟了许久，鲁迅已另托陈师曾题写书名并已寄出制版，故此件未用，现存北京鲁迅博物馆。

5月21日，《会稽郡故书杂集》刻成，6月14日印刷完毕。此书仅印100部，属于自费刊行。封面为“中式翻身”式，亦即版口在左，订口在右。竖长方形框内是陈师曾题写的书名，序文署名“会稽周作人记”。

6月14日，周作人取回在许广记刊刻印刷的《会稽郡故书杂集》，并于次日寄给鲁迅20册。鲁迅19日收到此书后，先后赠许寿裳、许铭伯、钱玄同、沈尹默、马幼渔、陈师曾、魏福绵、季自求、剡中图书馆等各一册，赠许季上二册。周作人也在绍兴将《会稽郡故书杂集》作为珍贵礼品，分赠潘渊等人。

《会稽郡故书杂集》印数少，且只在周氏兄弟朋友圈中流行，版本极其珍贵，原版书已近绝迹。因为1919年冬，周氏全家准备迁往北京，鲁迅回家整理杂物时，将堆在楼上的《会稽郡故书杂集》木刻板误以为是废物而付之一炬，这不禁令人扼腕。1941年出版的《鲁迅三十年集》中收有《会稽郡故书杂集》一册，郑振铎和吴文祺标点，装帧设计精良，或可一见。

《会稽郡故书杂集》充分体现了鲁迅在考据辑佚方面“清儒家法”的学问功底。蔡元培1937年在《鲁迅全集》的序言中说：“鲁迅先生本受清代学者的濡染，所以他杂集会稽郡故书，校《嵇康集》，辑谢承《后汉书》，编汉碑帖、六朝墓志目录、六朝造像目录等，完全用清儒家法。”同样注意到鲁迅在考据辑佚方面功夫的郑振铎，谓鲁迅的辑佚工作具备“周密小心的校勘和博大宏阔的披览”。

《会稽郡故书杂集》的序言因为署名“会稽周作人记”，书成后20多年一直被认为是周作人的撰述。直到1936年10月，周作人写了《关于鲁迅》的回忆文章，第一次透露《会稽郡故书杂集》是鲁迅所编：“查书的时候我也曾帮过一点忙，不过这原是豫才的发意，其一切编排考订，写小引叙文，都是他所做的，起草以至誊清大约有三四遍，也全是自己抄写，到了付刊时却不愿出名，说写你的名字吧，这样便照办了，一直拖了二十余年。”周作人还说：“现在觉得应该说明了，因为这一件小事我以为很有点意义。这就是证明他做事全不为名誉，只是由于自己的爱好。这是求学问弄艺术的最高的态度，认得鲁迅的人平常所不大能够知道的。”

周氏兄弟早年感情非常深，失和之前，写文章出书喜欢互相署名，且以署周作人之名为多。这是观察和研究周氏兄弟的一个有趣而特殊的切入点。

《会稽郡故书杂集》的序言署名“周作人”，是鲁迅本人生前的意思。鲁迅去世后，第一版《鲁迅全集》收入此序时，将序文中周作人的名字涂去，代之以两个或三个方框。这在当时的历史条件下，据说是尊重许广平的意见，亦不难理解。

《会稽郡故书杂集》是以鲁迅为主、周氏兄弟二人合作的成果，为何要借署周作人的名字？笔者认为，这当然可以看作鲁迅不求闻达的表现，但也不妨理解为鲁迅拟借此提携胞弟。因为其时的周作人还在绍兴的浙江省立第五中学当英文教员。为了把二弟拉扯到自己身边，从1917年2月起，鲁迅在北京为周作人多方谋职，经向北大校长蔡元培推荐成功后，即嘱周作人北上。周作人进京后，先在北大附属国史编纂处做编纂，后又出任北京大学文科教授。这一结果，大约也不能忽视《会稽郡故书杂集》的作用。鲁迅这样做，更显出周氏兄弟手足情深，《会稽郡故书杂集》无疑是二人亲情的一座纪念碑。《会稽郡故书杂集》书成后的1916年2月，鲁迅回到绍兴，当晚与周作人长谈至午夜二时。周作人到北京后患病，连便器都没有，鲁迅亲自为其倒掉水火。周作人得了疹子，鲁迅给蔡元培写信请假，称周作人“此一星期内不能外出受风，希赐休暇为幸”。这份令人动容的手足之情完全可以从周氏兄弟合译《域外小说集》、合刻《会稽郡故书杂集》的过程中找到印证。

从满版装饰到四个劳动人物

——《工人绥惠略夫》（1922 年 5 月）

《工人绥惠略夫》，阿尔志跋绥夫的中篇小说，鲁迅自德译本转译，最初连载于1921年7月至12月《小说月报》第12卷第7号至第12号。单行本于1922年5月由上海商务印书馆初版，列入《文学研究会丛书》。改版本于1927年6月印成，列入《未名丛刊》，上海北新书局发行。

阿尔志跋绥夫（1878—1927），俄国作家，著有《工人绥惠略夫》《沙宁》等。十月革命后流亡国外，死于波兰华沙。其作品在俄国革命运动高涨期带有揭发沙皇黑暗统治的倾向，但在1905年革命失败后，成了颓废主义文学的代表之一。

上海商务印书馆初版本《工人绥惠略夫》的封面非常烦琐，满版黑线装饰、火炬、书、葡萄藤、天使、花带等。鲁迅对这一版封面大约不太满意，因此，此书1927年由北新书局出版时，换用了陶元庆的封面。封面上部居中的矩形方框内，有一组四个人物的侧影图案，人物动作幅度很大，同时还有斧、锯、

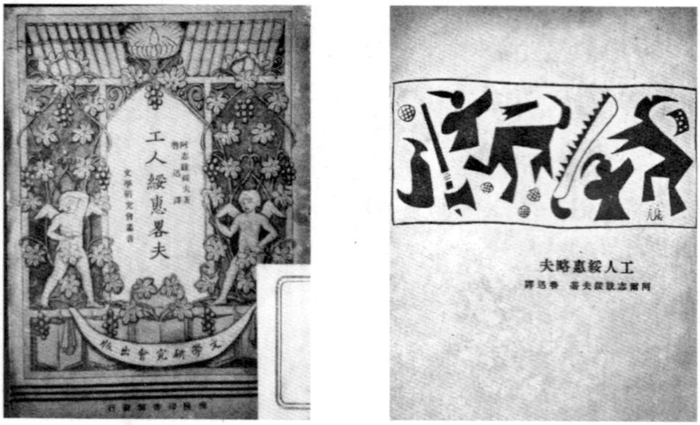

《工人绥惠略夫》书影（左初版、右再版）

砍刀等工具，暗示了图中人物身份。右边第一个人物脚下，由作者很隐蔽地署了“元庆”二字。这一封面综合了铜器纹样、汉画、石刻、木刻的特点，造型极为有力独特，很有新意。

鲁迅1920年10月22日“译《工人绥惠略夫》了，共百廿四枚”，当指译稿共有124页。1921年4月18日，“上午以《工人绥惠略夫》译稿一部寄沈雁冰”；5月4日，“午后往留黎厂商务印书馆取《工人绥惠略夫》译稿泉百廿”，也就是说，这部重要的译稿共得到了120元的报酬。

1925年3月18日，鲁迅在致许广平的信中谈到了这部译稿，指出《工人绥惠略夫》里所描写的绥惠略夫这一类人物，容易变成“个人的无政府主义者”，其运命，“是要救群众，而反被群众所迫害，终至于成了单身，忿激之余，一转而仇视一切，无论对谁都开枪，自己也归于毁灭”。

用白话文介绍“弱小民族”文学

——《现代小说译丛》(第一集)(1922年5月)

《现代小说译丛》(第一集)，周氏三兄弟的翻译作品集，收入俄国、波兰、爱尔兰、希腊、芬兰、保加利亚、亚美利亚、西班牙等8个国家18位作者的30篇作品。鲁迅译8篇，周作人译18篇，周建人译3篇。1922年5月由上海商务印书馆出版，署“周作人译”，仅出第一集，售价大洋1角，外埠酌加运费汇费。书中收入俄国安特来夫的《书籍》、俄国契里珂夫的《省会》、波兰戈木列支奇的《燕子与蝴蝶》等，基本反映了上述八国20世纪初的文艺风貌。

《现代小说译丛》(第一集)与1923年6月同为上海商务印书馆出版的《现代日本小说集》均属《世界丛书》。《世界丛书》是专收世界各国名著的译文丛书，以系统引介世界文化为志，上海商务印书馆1920年起陆续出版刊行。《申报》1919年刊《世界丛书》的广告，审查委员标“蔡孑民、蒋梦麟、陶孟和、胡适之”，下栏之“注意”标明：稿件“寄交北京大学第一院胡

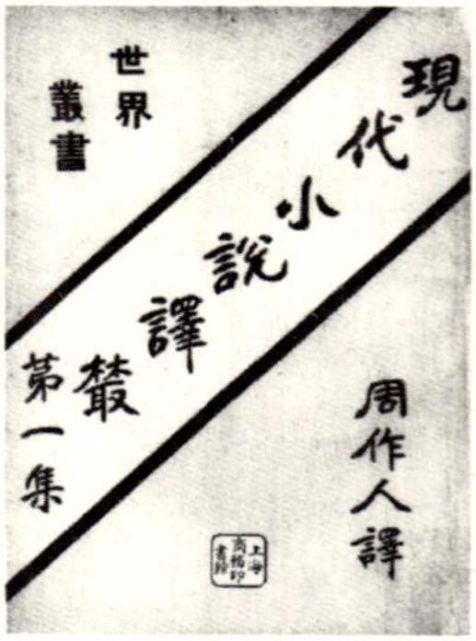

适之先生”，可见胡适是《世界丛书》的主持者。1921年9月，鲁迅就在写给周作人的信中说过胡适约稿事：“胡适之有信来（此信未封，可笑！），今送上……彼欲印我辈小说，我想我之所作于《世界丛书》不宜，而我们之译品，则尚太无片段，且多已豫约，所以只能将来别译与之耳。”（书信210904致周作人）后来，周氏兄弟将《现代小说译丛》（第一集）交由胡适，列入《世界丛书》出版。

《现代小说译丛》（第一集）和《现代日本小说集》均署周作人名，且封面设计如同孪生。封面底色为黄色，一条黑边白底的签条自右上向左下斜排，其上排印“现代小说译丛第一集”书名，隶书味浓。封面左上角排“世界丛书”四字，右下角排“周作人译”字样（《现代日本小说集》封面右下角排“周作人编译”字样）。

此前的1920年8月，周作人已集译出版了“近代名家短篇小说集”《点滴》，列为《新潮丛书》第三种，由财政部印刷局印刷，北京大学出版部发行。《点滴》及继之出版的《现代小说译丛》(第一集)，都是用白话文介绍“弱小民族文学”的成果。此书冠名“第一集”，言外之意还有第二集、第三集，参照当年《域外小说集》打算“继续下去，积少成多，也可以约略绍介了各国名家的著作”的设想，“译丛”似乎是一个比较系统而庞大的计划，但《现代日本小说集》出版后，《现代小说译丛》第二集未及开译，周氏兄弟即告失和，此计划也就戛然而止。这不仅是周家的悲剧，也是翻译界和出版界的重大损失。

水墨画的墨色就是一种色彩

——《一个青年的梦》（1922 年 7 月）

《一个青年的梦》，戏剧，日本作家武者小路实笃著，鲁迅译，上海商务印书馆1922年7月初版，《文学研究会丛书》之一。初版本卷首有武者小路实笃《与支那未知的友人》及《自序》，卷末有鲁迅《后记》。该书1927年9月又由上海北新书局列入《未名丛刊》再版发行。

武者小路实笃（1885—1976），日本作家，《白桦》杂志创办人之一，著有小说《好好先生》、剧本《他的妹妹》等。《一个青年的梦》是武者小路实笃所作的四幕反战剧本。

鲁迅在《后记》中说，他最初是从《新青年》上知道这剧本的。那时周作人在《新青年》第四卷第五号（1918年5月）上发表《读武者小路君作〈一个青年的梦〉》一文，鲁迅便搜求了一本，“将他看完，很受些感动：觉得思想很透彻，信心很强固，声音也很真”（译者序），于是开始着手翻译。

鲁迅翻译这本小说的时候，中日正在交恶。在1919年1月

武者小路
実篤著
一個青年的夢

召开的巴黎和会上，中国要求取消日本强加于中国的不平等条约及各种特权，遭到否决，引起中国人民的愤怒。鲁迅在1919年8月2日所作的《译者序》中记述：

> 昨天下午，孙伏园对我说，“可以做点东西。”我说，“文章是做不出了。《一个青年的梦》却很可以翻译。但当这时候，不很相宜，两面正在交恶，怕未必有人高兴看。”晚上点了灯，看见书脊上的金字，想起日间的话，忽然对于自己的根性有点怀疑，觉得恐怖，觉得羞耻。人不该这样做，——我便动手翻译了。

打动了鲁迅的是武者小路氏《新村杂感》中的这句话：“家里有火的人呵，不要将火在隐僻处搁着，放在我们能见的地方，并且通知说，这里也有你们的兄弟。”鲁迅说：“他们在大风雨中，擎出了火把，我却想用黑幔去遮盖他，在睡着的人的面前讨好么？”所以鲁迅认为，“这剧本也很可以医许多中国旧思想上的痼疾，因此也很有翻成中文的意义”。

鲁迅一边翻译，一边将译文陆续发表于北京《国民公报》副刊，至该报被禁时止（1919年8月3日至10月24日），后来全剧又移刊于《新青年》月刊第七卷第二号至第五号（1920年1月至4月）。

《一个青年的梦》1922年7月由上海商务印书馆初版时，封面甚为简单，仅有印刷字体，中间为字体略大的书名“一个青年的梦”，书名右侧排列着“日本武者小路实笃著”“鲁迅译”，左侧排列着“文学研究会丛书”。这一版本目前已非常珍稀，一书难求。

1927年9月，《一个青年的梦》由上海北新书局列入《未名丛刊》再版发行时，鲁迅曾和陶元庆讨论过封面画事宜：“今天收到二十四日来信，知道又给我画了书面，感谢之至。惟我临走时，曾将一个武者小路作品的别的书面交给小峰，嘱他制板［版］印刷，作为《青年的梦》的封面。现在不知可已印成，如已印成，则你给我画的那一个能否用于别的书上，请告诉我。小峰那边，我也写信问去了。”

由此可知，陶元庆曾给鲁迅作了封面画，但此前鲁迅已将武者小路实笃的一幅画交给李小峰作书面，已不能及时撤换，因此，北新书局再版《一个青年的梦》的封面，用的就是武者小路实笃自己作的一幅画，画面上只有一只扭头回看的黄色的鸟、数茎野草、一棵嫩苗和一枝盛开的花，简单甚至童稚，但能感受到画家对创造了生命的自然抱着崇高的敬意。画的四周是黑色的弧形边框，整个封面如同镶嵌在一个黑色的玻璃镜框中。

作为画家，武者小路实笃也是第一个把凡·高介绍到日本的人。对武者小路实笃影响最深的还是中国的水墨画，例如牧溪的柿子、苏东坡的竹、日观的葡萄等。他觉得水墨画的墨色就是一种色彩。武者小路实笃的文人画在日本乃至中国很有影响。有人问武者，为什么总是画南瓜和马铃薯，他回答说如果能把一个东西画好，那就能画出其他的美妙事物。他全身心倾入，认真地体验自然、感受美，是一个不折不扣的“自娱”型文人。周作人的《药堂杂文》(新民印书馆1944年版）封面画也是武者小路实笃的一幅蔬菜图，仅仅画着几头荸荠（蘑菇？），但情趣盎然。画面上题有“仲良きことは美しき哉”，意为“成为朋友是美好的事情”，这是武者小路实笃喜欢在封面画中使用的一句话。

拔了海外的奇花瑶草移植在华国的艺苑

——《爱罗先珂童话集》（1922 年 7 月）

《爱罗先珂童话集》，俄国作家爱罗先珂著，鲁迅等译，1922年7月上海商务印书馆初版，《文学研究会丛书》之一种。

爱罗先珂（1890—1952），乌克兰诗人、世界语者、童话作家。鲁迅最早注意到这位盲诗人，还是在1921年。《坟·杂忆》中说："当爱罗先珂君在日本未被驱逐之前，我并不知道他的姓名。直到已经被放逐，这才看起他的作品来……其实，我当时的意思，不过要传播被虐待者的苦痛的呼声和激发国人对于强权者的憎恶和愤怒而已，并不是从什么'艺术之宫'里伸出手来，拔了海外的奇花瑶草，来移植在华国的艺苑。"

出于"传播被虐待者的苦痛的呼声和激发国人对于强权者的憎恶和愤怒"的目的，鲁迅先后翻译了《爱罗先珂童话集》《桃色的云》《时光老人》《爱字的疮》《红的花》等。

爱罗先珂也是鲁迅认识的第一位俄文作家，受蔡元培之请在北京大学教授世界语时，曾住在八道湾周氏兄弟家中，彼此

有较深交往，对鲁迅了解俄罗斯文化基本面貌有较大的帮助。

《爱罗先珂童话集》初版本卷首有鲁迅《序》和爱罗先珂《我的学校生活的一断片——自叙传》。正文收《狭的笼》《鱼的悲哀》《池边》《雕的心》《春夜的梦》《古怪的猫》《两个小小的死》《为人类》《虹之国》《世界的火灾》《为跌下而造的塔》共11篇。

初版本封面居中位置排列着三行字，中间书名“爱罗先珂童话集”字号略大，两侧字体略小：右上为“鲁迅译”，左下为“文学研究会丛书”。封面下端自右向左排“上海商务印书馆发行”字样。

书出版之前的1922年1月28日，鲁迅为此书作序：“爱罗先珂先生的童话，现在辑成一集，显现于住在中国的读者的眼前了。这原是我的希望，所以很使我感谢而且喜欢。”可见翻译爱罗先珂的童话是鲁迅的主张。所收12篇文章中，《自叙传》

和《为跌下而造的塔》是胡愈之先生所译，《虹之国》是馥泉先生所译，其余为鲁迅所译。

鲁迅对爱罗先珂童话的评价是:“我觉得作者所要叫彻人间的是无所不爱，然而不得所爱的悲哀，而我所展开他来的是童心的，美的，然而有真实性的梦。”

《爱罗先珂童话集》对20世纪30年代中国儿童文学的发展产生了重要影响。鲁迅选择译介这部作品用心良苦，就是为了启迪国人对儿童成长教育的思考。鲁迅自始至终关注中国儿童的成长教育，他有一颗永不泯灭的童心，“立人”思想贯穿于鲁迅的一生。

“大半以个人的趣味为主”

——《现代日本小说集》（1923 年 6 月）

《现代日本小说集》，上海商务印书馆民国十二年（1923年）6月初版，列入《世界丛书》，鲁迅、周作人共译，署“周作人编译”，由胡适校对。

本书专门介绍了日本现代文学，共收15位作家的短篇小说30篇，包括国木田独步、夏目漱石、森鸥外、铃木三重吉、武者小路实笃、有岛武郎、长与善郎、志贺直哉、千家元麿、江马修、江口涣、菊池宽、佐藤春夫、加藤武雄和芥川龙之介。“这里边夏目、森、有岛、江口、菊池、芥川等六人的作品，是鲁迅君翻译，其余是我所译的。”（周作人）

除周作人所译9人19篇，另外6人11篇由鲁迅翻译，分别是：夏目漱石《挂幅》《克莱喀先生》，森鸥外《游戏》《沉默之塔》，有岛武郎《与幼小者》《阿末的死》，江口涣《峡谷的夜》，菊池宽《三浦右卫门的最后》《复仇的话》，芥川龙之介《鼻子》《罗生门》。夏目漱石与森鸥外是明治文学的重镇，有岛武郎

是白桦派名家，菊池宽和芥川龙之介是新思潮派，江口涣由唯美主义而入现实主义，后来成为无产阶级作家。

商务初版本《现代日本小说集》的封面与《现代小说译丛》（第一集）的封面是孪生封面。封面底色为黄色，一条黑边白底的签条自右上向左下斜排，其上排印“现代日本小说集”书名，隶书味浓。封面左上角排“世界丛书”四字，右下角排“周作人编译”字样。封面下端居中位置印“商务印书馆发行”正方形印章，白底黑字。

初版本中编入了周作人1922年5月20日作于北京的序言，文首交代了编译的缘起：“我们编译这部小集，本可以无需什么解说。日本的小说在二十世纪成就了可惊异的发达，不仅是国民的文学的精华，许多有名的著作还兼有世界的价值，可以与欧洲现代的文艺相比。只是因了文字的关系，欧洲人要翻译他颇不容易，所以不甚为世间所知。中国与日本因有种种的关系，我们有知道他的需要，也就兼有知道他的便利：现在能够编成这部创始的——虽然是不完善的小集，也无非只是利用我们生在东亚的人的一个机会罢了。”

书中所收，除了国木田与夏目，其他13位都是当时在世的小说家。序言对选择标准略加说明：“我不得不声明这是大半以个人的趣味为主”，“我们的方法是就已有定评的人和著作中，择取自己所能理解感受者，收入集内，所以我们所选的范围或者未免稍狭；但是在这狭的范围以内的人及其作品，却都有永久的价值的”。同时，文中也说明，这部集子中并没有收入自然派的作品，因为日本文学中的自然主义运动盛极一时，非出专集不可。

芥川龙之介1925年3月在《日本小说的中译》一文中评价此书：“参看我自己的作品来说，翻译得相当准确。而且，地名、官名、用具等皆有注释。”是书“卷头有周作人君所作序文，卷末的附录是各位作家的相关简介。不得不说，编排颇得要领”。“比如，对武者小路实笃是这么介绍的——生于一八八五年，为‘白桦派’的中心人物，近来在日向建设新村，实行耕读主义。他的著作单纯真率，不施技工，自具清新之气，极有感人的力量。”“与现代日本热衷的西洋文艺的翻译书相比，此书也毫不逊色。”

此书由周氏兄弟共同翻译，但仅署了周作人的名字，已成为新文学的珍稀版本。

唐人线画流动如生

——《桃色的云》（1923 年 7 月）

《桃色的云》，俄国诗人、童话作家爱罗先珂以日文写作的三幕童话剧，鲁迅译，译文陆续发表于1922年5月15日至6月25日的《晨报副镌》。单行本于1923年7月由北京新潮社出版，列入《文艺丛书》。1926年起改由北新书局出版，1934年起又改由上海生活书店出版。

此书鲁迅翻译时曾颇为犹豫，他认为“日本语实在比中国语更优婉。而著者又能捉住他的美点和特长，所以使我很觉得失了传达的能力，于是搁置不动，瞬息间早过了四个月了”，“可是延到四月，为要救自己的爽约的苦痛计，也终于定下开译的决心了”。

封面由鲁迅设计，他吸取了古籍装帧、金石碑帖、石刻艺术中的精华。上部是用唐人线画风格的人物、禽兽以及流云组成的带状装饰，形式上具有古籍的某些特点，风格上有青铜器纹饰的意味，与朝霞般的红色显得极般配，有一种缥缈、流动的形象，充满人类文明初期那种天真、率直而生气勃勃的幻想色彩，点明了《桃色的云》的童话主题。下部是书名和译著者名。此封面以红、黑二色套印，红色像朝霞一般灿烂，不同于《呐喊》封面那样沉重的暗红色。整个封面动静均衡，风格简洁，空间疏朗，引人遐思，是新文学封面设计的经典。

鲁迅在写给李桦的信中说："惟汉人石刻，气魄深沉雄大，唐人线画，流动如生，倘取入木刻，或可另辟一境界也。"在《看镜有感》中，他又说："汉唐虽然也有边患，但魄力究竟雄大，人民具有不至于为异族奴隶的自信心。"一个时代的民族魄力，必会投影到艺术上。鲁迅对汉唐石刻和线画的赞赏，实在是独具慧眼。把汉人石刻、唐人线画的手法运用到封面设计上，也是鲁迅的一大创举，开现代封面设计的先河。他对封面设计内涵与意蕴的追求，后人难以望其项背。

日本学者秋田雨雀对《桃色的云》评价很高，鲁迅还将其评语译出："所描写的一个青年，这人在当初，本有着活泼的元气，要和现世奋斗下去的，然而不知什么时候，已经丧失了希望和元气，泥进灰色传统的墙壁里去了，这青年的运命，仿佛正就是我们日本人的运命。"(《读了童话剧〈桃色的云〉》)

憎恨充满罪恶、不平等的世界，攻击旧世界不遗余力，作品直率、激烈，是鲁迅与爱罗先珂友谊的重要基础。作为无政府主义者，爱罗先珂对社会现实有和鲁迅相似的心理感受，并同样擅长以隐喻的方式将之表达出来。鲁迅以极大的精力译介爱罗先珂童话，是中国最早介绍爱罗先珂的主要作家。从翻译爱罗先珂作品入手，鲁迅以盗火者的身份，追索启蒙精神。

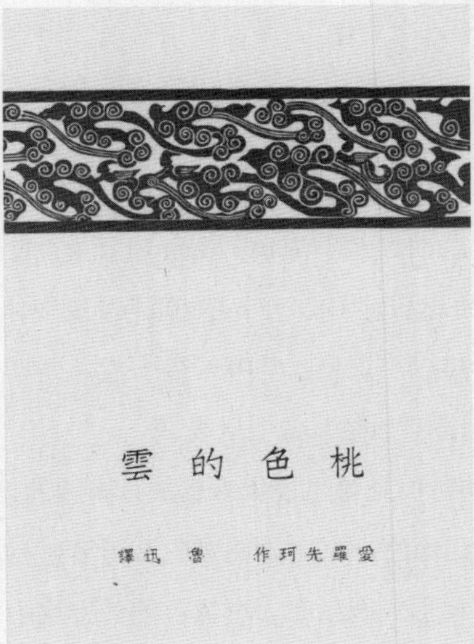
桃色的雲
愛羅先珂作　魯迅譯

传统封面向现代封面过渡的典范

——《呐喊》（1923 年 8 月）

《呐喊》，小说集，收录鲁迅于1918年至1922年所作的15篇短篇小说（后抽去《不周山》，余14篇），北京新潮社1923年8月出版。鲁迅日记1923年5月20日："星期休息。……伏园来……夜去，付以小说集《呐喊》稿一卷，并印资二百。"8月22日："晚伏园持《呐喊》二十册来。"

《呐喊》的封面是鲁迅最优秀也最具影响的设计。

封面用暗红底色，书名"呐喊"和著者姓名"鲁迅"分上下两层，以印章形式镌刻在一个黑色的长方块中，位于封面正中上端，饰以阴刻框线。"呐喊"二字笔画左右参错，突出了三个"口"字，既是字，又颇具画意，仿佛在齐声呼喊，在暗红色书面的衬托下，显得雄壮有力。而文字从右到左的排列顺序保留了古籍的形态，显示了现代文学与中国传统文化之间的某种脐带联系。

这一封面最具视觉冲击之处，在于暗红的底色包围着一个

《呐喊》1926年版书影

扁方的黑色块，令人想起《呐喊》序言中鲁迅对钱玄同所说的那个可怕的铁屋比喻："假如一间铁屋子，是绝无窗户而万难破毁的，里面有许多熟睡的人们，不久都要闷死了，然而是从昏睡入死灭，并不感到就死的悲哀。现在你大嚷起来，惊起了较为清醒的几个人，使这不幸的少数者来受无可挽救的临终的苦楚，你倒以为对得起他们么？"

《呐喊》初版本封面简洁有力，静穆庄重，意味深长，匠心独具，是中国书籍装帧设计史上不可多得的经典，也是新文学封面由传统形态向现代形态过渡的典范，对于现代书籍装帧具有开拓意义。

《呐喊》的封面设计也博得了时人的喝彩。曾经主持过北新书局的李小峰在一篇纪念文章中写道，当《呐喊》等书送到他们书局里时，"一看外形，已足够吸引我们，使我们惊喜赞赏，爱不忍释了；新颖的装帧，疏朗的行列，洁白的纸张，决非坊间同类的书所可比拟的……"（《鲁迅先生与出版工作》）

王锡荣先生说："鲁迅只是对笔画作了简单的移位，就把汉字的象形功能转化成具有强烈视觉冲击力的设计元素。这个封面不遣一兵，却似有千军万马；它师承古籍，却发出令人觉醒的新声。"（《鲁迅还是一位优秀设计师》，《文汇报》2015年2月3日）此语甚当。

但鲁迅对初版本的宋体印刷字并不满意，1926年5月北新书局出版《呐喊》第四版时，鲁迅又把宋体印刷字改为隶书美术字，使书面的金石味更足，整体充满秦汉气魄和现代意蕴。

因为隶书比宋体更朴拙和富有力感，更能表达鲁迅小说的内在精神，“特别是波磔一笔，既有辐辏内聚之感，又有疏阔大度之势”，这一细节足见鲁迅汉字文化的深厚造诣，对汉字字体的高度重视，对各种字体不同美学功能的精确把握与娴熟驾驭。诚如论者所言：“鲁迅以朴学家的精神以及儒家的实践精神创造现代中国的封面艺术，为易字排序以及整体设计颇费周折，不遗其小而能见其大，最终使之成为现代中国具有恒久性和延续性以及凝固性的文化存在。”（黄薇《观念的变迁：新文学中的图像艺术》，《文艺研究》2006年05期）

鲁迅用汉隶体“呐喊”易宋体“呐喊”时，封面文字书写的顺序始终没有改变：横行，从右向左。横行书写书名“呐喊”和作者名“鲁迅”，这是现代形态的排列方式；文字从右到左的书写顺序，是古籍形态的存留。所以，这一封面巧妙地记载了中国文化由传统向现代的嬗变过程。

《呐喊》既是中国现代小说的开端，也是成熟的标志。1985年，日本出版的50卷本《世界最高杰作》，中国仅有《呐喊》与《论语》被收入；1999年6月，《呐喊》被《亚洲周刊》评选为20世纪中文小说作品100强之首。

锐意穷搜，时或得之

——《中国小说史略》（上下卷）（1923年12月，1924年6月）

《中国小说史略》，鲁迅的第一部文学史论专著，1923年12月和1924年6月由北京新潮社分别出版上、下卷，共28篇。1925年9月由北新书局出版时合为一册。

此书封面由鲁迅设计，仅题写书名，无装饰，素朴雅静。这也是鲁迅手题的第一个书名。

鲁迅对古代小说的辑佚及书目的整理工作，早在辛亥革命前夕就开始了，目的是“正讹辨伪，正本清源”。《中国小说史略》出版后陆续辑校完成的《小说旧闻钞》《唐宋传奇集》《古小说钩沉》，用的就是写作《中国小说史略》时搜集到的资料。鲁迅回忆，其时的情形是：“时方困瘁，无力买书，则假之中央图书馆、通俗图书馆、教育部图书室等，废寝辍食，锐意穷搜，时或得之，瞿然则喜。”（《〈小说旧闻钞〉再版序言》）

1920年，鲁迅应邀在北京大学等高校讲授中国小说史，他把讲义油印出来散发给学生，是为《小说史大略》，只有17篇，

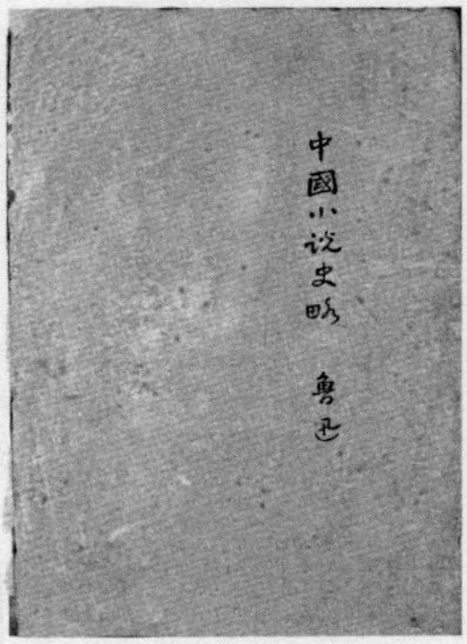

这是《中国小说史略》的原始版本。1923年由北京新潮社正式出版时，书名改为《中国小说史略》。书后附有《中国小说的历史的变迁》一文，是作者1924年7月在西安讲学时的讲稿。

据《鲁迅日记》，《中国小说史略》的出版过程如下：1923年10月8日，“以《中国小说史略》稿上卷寄孙伏园，托其付印”。12月1日，“伏园来，示《小说史》印成草本”。12月11日，“孙伏园寄来《小说史略》印本二百册，即以四十五册寄女子师范校，托诗荃代付寄售处，又自持往世界语校百又五册”。12月20日，“夜草《中国小说史》下卷毕”。1924年2月4日是旧历除夕，这一天，鲁迅收款甚多，分别是：世界语学校薪水、任教大学薪水、教育部俸泉等。到了晚上，世界语学校送来了此前寄售的《中国小说史略》97本书价23.28元。以上总计244.28元。可能进账多，《中国小说史略》卖得好，又遇大年三十，因此，晚上鲁迅“饮酒特多”。

1924年3月2日，“夜校《小说史》下卷讫”。3月8日，“寄孙伏园《大西洋之滨》及《中国小说史》下卷稿”。4月2日，“下午寄伏园《小说史》稿校本”。1924年6月20日，《中国小说史略》下卷出版。“晚孙伏园来并持到《中国小说史略》下卷一百本，即以一本赠之，又赠矛尘、钦文各一托转交，又付女师校五十本亦托携去”。此时，距周氏兄弟6月11日在八道湾撕破脸皮仅一周有余，《中国小说史略》下卷的出版，给精神受到打击的鲁迅很多安慰。

《中国小说史略》从上古神话传说、鬼神志怪起首，梳理到唐宋传奇、宋元话本、明清小说，勾勒了中国小说发展的基本轮廓，取材翔实，分析精当，结构谨严，脉络清楚，可谓中国小说史研究的开山之作。

当然，学界对《中国小说史略》也有批评之声。一类是鲁迅自己认可的批评，如胡适、钱玄同的批评；另一类是鲁迅不接受不认可的批评，如顾颉刚、陈源的批评。详情见本书《支那小说史》一节。

“被了凄艳的新装”

——《苦闷的象征》（1925 年 3 月）

厨川白村著文艺论文集《苦闷的象征》，鲁迅译，1925年3月列入《未名丛刊》出版，由北京新潮社代售，后改由北新书局出版。

厨川白村（1880—1923），本名辰夫，1904年毕业于东京帝国大学英文科，历任第五、第三高等学校教授，后任京都帝国大学文学部助教。1912年以著述《近代文学十讲》知名于世。1919年获文学博士学位，任东京帝大教授。1923年在关东大地震中遇难，殁于镰仓。著作除《近代文学十讲》，还有《苦闷的象征》《印象记》《出了象牙之塔》《近代恋爱观》《文艺思潮论》等。有《厨川白村全集》八卷行世。

厨川白村博览日本及欧美各国著作，致力向日本系统介绍各国文学。《苦闷的象征》是一部未完成的书，作者因地震丧生，没能写完。已完成部分，包括创作论、鉴赏论、关于文艺的根本问题的考察、文学的起源（未完）四部分。其第一、第二两部分译文陆续发表于1924年10月1日至31日《晨报副镌》。鲁迅曾用作大学讲义，影响了一代人。

《苦闷的象征》集中反映了厨川白村对文艺问题的见解，关于“文学是苦闷的象征”的论点广为读者所熟知。他说，“生命力受了压抑而生的苦闷懊恼乃是文艺的根柢”，“文艺就是朝着真善美的理想，追赶向上的一路的生命的进行曲，也是进军的喇叭”。鲁迅认为，厨川白村的文艺观对开展中国新文艺运动有一定借鉴意义，便把该书翻译过来，交北新书局出版。

《苦闷的象征》封面由陶元庆设计。

在中国现代书籍装帧史上，新文艺书籍的封面设计采用新颖的图案作装饰，始于陶元庆。

陶元庆（1893—1929），字璇卿，浙江绍兴人，美术家。曾先后在浙江台州第六中学、上海立达学园、杭州艺术专科学校任教。鲁迅前期著译《苦闷的象征》《彷徨》《朝花夕拾》《坟》等书均由他作封面画。

1924年12月3日，陶元庆经许钦文介绍，与鲁迅相识，此后与鲁迅过从甚密。据不完全统计，是年至陶元庆逝世的1929年，陶共访鲁迅35次，其中两次未遇。鲁迅与陶元庆之间也有七番书信往返，内容均与新文学书籍的封面设计有关。可以说，陶元庆在新文学书籍封面设计上的成绩，离不开鲁迅的鼓励与支持。

陶元庆精于传统图案，对古代铜器石刻及敦煌、云冈等石窟艺术都有精深的研究。鲁迅对陶元庆的美术作品十分赞赏。

苦悶的象徵
廚川白村著　魯迅譯

1925年3月18—19日，陶元庆在北京西四帝王庙中华教育改进社举行西洋绘画个人展，共展出水彩画等二三十幅。鲁迅为这次展览写了序言，文中称："在那黯然埋藏着的作品中，却满显出作者个人的主观和情绪，尤可以看见他对于笔触、色彩和趣味，是怎样的尽力与精心，而且，作者是夙擅中国画的，于是固有的东方情调，自然而然地从作品中渗出，融成特别的丰神了，然而又并不由于故意的。"

鲁迅对陶元庆的赞赏，其实是对其思想与人格的肯定，因为鲁迅认为，"美术家固然须有精熟的技工，但尤须有进步的思想与高尚的人格。他的制作，表面上是一张画或一个雕像，其实是他的思想与人格的表现。令我们看了，不但欢喜赏玩，尤能发生感动，造成精神上的影响"。(《热风·随感录》)

正是由于对陶元庆美术作品的首肯，鲁迅力邀陶元庆为新文学书籍作封面设计。

陶元庆设计的第一个封面就是《苦闷的象征》，他根据此书的内容，用夸张、变形、象征的艺术手法，设计了这样的封面：在红花和黑色、灰色的线条相交织的图形中，一个象征性的半裸女子披着长长的黑发，在受压抑的环境中挣扎着，用脚趾夹着镋叉（兵器）的柄，鲜红的嘴唇亲昵地舔着叉的尖头，以此表现人们的生命力受到压抑，就要挣扎，需要用武器来战斗的精神。

鲁迅看了这帧封面图案，极为满意。1924年11月22日，《苦闷的象征》付印前，鲁迅在该书《引言》中说："在这里我还应该声谢朋友们的非常的帮助，尤其是许季黻君之于英文；常维钧君之于法文，他还从原文译出一篇《项链》给我附在卷后，以便读者的参看；陶璇卿君又特地为作一幅图画，使这书被了凄艳的新装。”

陶元庆的封面画为《苦闷的象征》一书“被了凄艳的新装”，使它在新文学史上声名极著。

许钦文这样记述：“在这以前我已和鲁迅先生谈起过，有这样一位画家和我同住在绍兴县馆里，画了许多北京的景物，老是搁在房间里。鲁迅先生翻译了厨川白村的《苦闷的象征》，正在排印，就叫我请他画一个封面。不久《苦闷的象征》书面完成，鲁迅先生看得很满意。原画多色，鲜明，强烈，首创了新文艺书籍的封面画。”

在《鲁迅和陶元庆》一文中，许钦文写道：“我国印新文艺书籍，以图案作封面，由鲁迅先生译的《苦闷的象征》开始。鲁迅先生在介绍这书时，说是有元庆作的封面画，使《苦闷的象征》披了凄艳的外衣。这封面画由一个半裸体的女子，披着长长的黑发，用鲜红的嘴唇舔镋叉的尖头变化而成。……元庆绘画的特色，每种画的每一幅都有其特点，是富于创造性的。”

《苦闷的象征》列为《未名丛刊》第一种出版。

1925年，在鲁迅的倡议下，韦素园、曹靖华、李霁野、韦丛芜、台静农等一批文艺青年以北京大学为基地，发起成立了未名社，志在出版进步文艺书籍。

《苦闷的象征》一书的封底，刊有署名鲁迅的一篇说明：

所谓《未名丛刊》者，并非无名丛书的意思，乃是还未想定名目，然而这就作为名字，不再去苦想他了。

这也并非学者们精选的宝书，凡国民都非看不可。只要有稿子，有印费，便即付印，想使萧索的读者，作者，译者，大家稍微感到一点热闹。内容自然是很庞杂的，因为希图在这庞杂中略见一致，所以又一括为相近的形式，而名之曰《未名丛刊》。

大志向是丝毫也没有。所愿的：无非（1）在自己，是希望那印成的从速卖完，可以收回钱来再印第二种；（2）对于读者，是希望看了之后，不至于以为太受欺骗了。

现在，除已经印成的一种之外，就自己和别人的稿子中，还想陆续印行的是：

1.《苏俄的文艺论战》。俄国褚沙克等论文三篇。任国桢译。

2.《往星中》。俄国安特来夫作戏剧四幕。李霁野译。

3.《小约翰》。荷兰望·藹覃作神秘的写实的童话诗。鲁迅译。

这篇说明，不仅交代了“未名丛刊”称谓的由来以及志趣，也是反映鲁迅出版思想的珍贵资料。

自题书名“洒脱而有法度”

——《热风》（1925年11月）

《热风》，鲁迅的第一本杂文集，收入鲁迅1918年至1924年所作杂文41篇。1925年11月由北京北新书局初版，售价大洋4角。作者生前共印行10版次。

1925年11月3日夜，编定《热风》后，鲁迅写了一篇“题记”，道出了书名定为《热风》的缘由：“无情的冷嘲和有情的讽刺相去本不及一张纸，对于周围的感受和反应，又大概是所谓‘如鱼饮水冷暖自知’的；我却觉得周围的空气太寒冽了，我自说我的话，所以反而称之曰《热风》。”

鲁迅觉得当时的社会现状令人感到“寒冽”，以“热风”命名集子，表达了深刻批判社会、促醒人们去改革社会的强烈愿望。

这一集子有很多“热风”似的热情的号召，比如：“愿中国青年都摆脱冷气，只是向上走，不必听自暴自弃者流的话。能做事的做事，能发声的发声。有一分热，发一分光，就令萤火

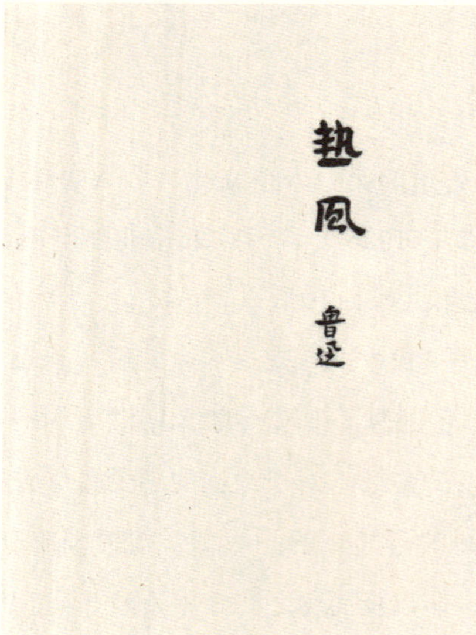
热风
鲁迅

一般，也可以在黑暗里发一点光，不必等候炬火。”“此后如竟没有炬火：我便是唯一的光。”

1925年11月14日，《热风》就已经面市。《鲁迅日记》载：“下午曙天、衣萍、品青、小峰来，并赠《热风》四十本。”

《热风》的封面由鲁迅设计，书名和作者署名均为鲁迅手迹。鲁迅的书法“融冶隶篆于一炉，听任心腕之交应，朴质而不拘挛，洒脱而有法度，远逾宋唐，直攀魏晋”(郭沫若)。“热风”字略大，“鲁迅”字略小，纵排一列，摆布在封面右侧偏上位置，简单大气，有一种气宇轩昂的美感。

《热风》中的杂文写于十月革命和五四运动之后，正是鲁迅奋力“呐喊”之时。编辑出版《热风》的这一年，《新青年》时停时续，1925年4月改为不定期刊物，同时，新文化阵线内部也出现了分化。鲁迅在《自选集·自序》中回忆当时新文化战线的分化和他的心情：“后来《新青年》的团体散掉了，有的高升，有的退隐，有的前进，我又经验了一回同一战阵中的伙伴还是这么会变化，并且落得一个‘作家’的头衔，依然在沙漠中走来走去，不过已经逃不出在散漫的刊物上做文字，叫作随便谈谈。”

“璇卿兄如不嫌其烦，均请给我们作封面”

——《出了象牙之塔》（1925 年 12 月）

《出了象牙之塔》，日本文艺批评家厨川白村的文艺评论集，1924年日本东京福永书店出版；鲁迅译，1925年12月由北京新潮社出版，列入《未名丛刊》，初版本印3000册。1931年8月起由北新书局出版，译者生前共印行9版次，累计印刷9500部，部分留作毛边本。

《出了象牙之塔》的封面由鲁迅设计，封面画由陶元庆创作。封面右侧为一位裸体女子倚靠在树上，但脊背部分与树干线条不明晰，二者较难分清。树干下方印“未名丛刊”四字，与女子腿部等高，很像设计者特意留下的一个暗记，不仔细观察很难发现。树的根部有圆形“元庆”印。封面左侧下部排印“出了象牙之塔 / 日本厨川白村著”字样。天头和地脚各有一条手绘横线。整个封面图案呈橙黄色。北新书局版《出了象牙之塔》封面树干上去掉了“未名丛刊”四字，并多了译者名与书局名。内页纸张未名版为道林纸，更加光洁挺括。

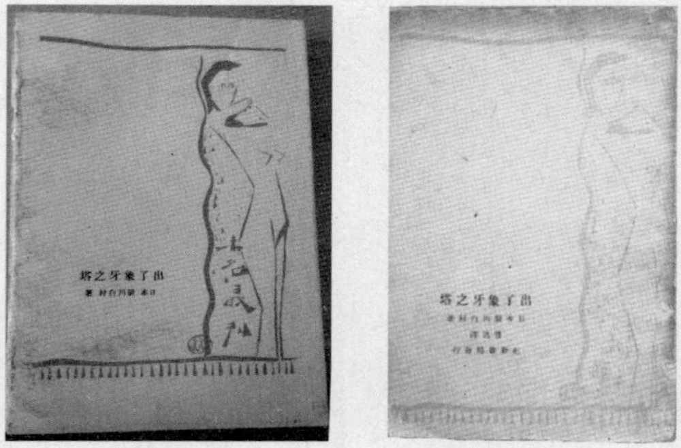

《出了象牙之塔》书影（左为1925年版，右为1931年版）

1925年1月12日，鲁迅以戏谑的口气给钱玄同回了一封信，就其询问的《出了象牙之塔》日文版事答复如下，读来颇为有趣：

“而《出了象牙之塔》‘原名为何’者，《象牙ノ塔ヲ出テ》也。而‘价钱若干’者，‘定价金贰円八拾钱’也；而所谓‘金’者，日本之夷金也。而‘哪里有得买’者，‘京桥区尾张町二丁目十五番地福永书店’也。然而中国则无之矣；然而‘东单牌楼北路西、东亚公司’则可代购之矣；然而付定钱一半矣；然而半月可到矣；然而更久亦难定矣。呜呼噫嘻，我不得而知之也。东亚公司者，夷店也；我亦尝托其代买也；彼盖当知‘哪里有得买’也，然而并以‘福永书店’告之，则更为稳当也。然而信纸已完也。于是乎鲁迅乃只得顿首者也。”

1925年1月24日是旧历大年初一，鲁迅自午至夜译《出了象牙之塔》两篇；至2月18日，译《出了象牙之塔》讫。在出版的过程中，鲁迅与许钦文多次通信，请他转托陶元庆封面事：“十九日所寄封面画及信均收到，请转致璇卿兄，给我谢谢他。我的肖像是不急的，自然还是书面要紧。……《未名》中之《出了象牙之塔》已付印，大约一月半可成。还有《往星中》亦将付印。这两种，璇卿兄如不嫌其烦，均请给我们作封面，但须知道内容大略，今天来不及了，一两日后当开出寄上。”（书信250929致许钦文）“《未名丛刊》已别立门户，有两种已付印，一是《出了象牙之塔》，一是《往星中》。这两种都要封面，想托璇卿兄画之。我想第一种即用璇卿兄原拟画给我们之普通用面已可，至于第二种，则似以另有一张为宜，而译者尤所希望也。如病已很复原，请一转托，至于其书之内容大略，别纸开上。”（书信250930致许钦文）一个多月后，鲁迅收到了一幅书面，但不知如何使用，便询问许钦文：“《未名丛刊》书面已到，未知是否即给《出了象牙之塔》者否？请一问璇卿兄。又还有二件事，亦请一问——1. 书名之字，是否以用与画同一之颜色为宜，抑用黑字？2.《乌合丛书》封面，未指定写字之地位，请指出。”（书信251108致许钦文）鲁迅虽然主导了新文学最具代表性的封面设计，但在具体实施的过程中，他还是非常尊重画家的想法。

《出了象牙之塔》是厨川白村批评本国缺点的一本书。“象牙之塔”原是19世纪法国文艺批评家圣佩韦（1804—1869）批评同时代消极浪漫主义诗人维尼（1797—1863）的用语，后来用以比喻脱离现实生活的文艺家的小天地。1925年12月3日夜，鲁迅作《出了象牙之塔》后记，说“我译这书，也并非想揭邻人的缺失，来聊博国人的快意。”“我就是想借此先将那肿痛提醒，而后将这‘痛快’分给同病的人们。”“正所以使日本能有今日，因为旧物很少，执著也就不深，时势一移，蜕变极易，在任何时候，都能适合于生存。不像幸存的古国，恃着固有而陈旧的文明，害得一切硬化，终于要走到灭亡的路。中国倘不彻底地改革，运命总还是日本长久，这是我所相信的；并以为为旧家子弟而衰落，灭亡，并不比为新发户而生存，发达者更光彩。”

鲁迅还说，作者对于他的本国的缺点的猛烈的攻击法，“真是一个霹雳手”，并且，他所攻击的要害，也往往就是中国的要害，因此值得深思反省。而鲁迅翻译《出了象牙之塔》与个人创作《野草》的时间基本同步，所以《野草》的气质和《出了象牙之塔》有着密切的内在联系。

“写字就是画画”

——《华盖集》（1926年6月）

《华盖集》，鲁迅的第二本杂文集，1926年6月北新书局出版，售价大洋6角。收录了鲁迅1925年所作杂文31篇，包括《咬文嚼字》《青年必读书》《论辩的魂灵》《夏三虫》《忽然想到》《我观北大》《碎话》等。

在写于1925年12月31日夜的《题记》中，鲁迅归纳了这一年所写杂文的特点：“在一年的尽头的深夜中，整理了这一年所写的杂感，竟比收在《热风》里的整四年中所写的还要多。意见大部分还是那样，而态度却没有那么质直了，措辞也时常弯弯曲曲，议论又往往执滞在几件小事情上，很足以贻笑于大方之家。然而那又有什么法子呢。我今年偏遇到这些小事情，而偏有执滞于小事情的脾气。”

鲁迅又说：“……我活在人间，又是一个常人，能够交着‘华盖运’。”《三命通会·论将星华盖》云：“华盖者，喻如宝盖，天有此星，其形如盖，常覆于大帝之座，故以三合处得库，谓

之华盖。”华盖原指贵人所用的伞盖。《汉书·王莽传》：“莽乃造华盖九重，高八丈一尺。”鲁迅说，作为和尚，倘顶有华盖，便是成佛作祖之兆，但是俗人倘有华盖在上，事事就要碰钉子了。华盖运，大抵便是处处不如意、事事有障碍的背运。鲁迅觉得他的一部分生命耗费在写这些无聊的东西中，对他而言，这就是“华盖运”，“而我所获得的，乃是我自己的灵魂的荒凉和粗糙”。

《华盖集》编成于“绿林书屋”的东壁下。所谓绿林书屋，其实就是鲁迅西三条胡同居所的书房“老虎尾巴”，因1925年北洋政府教育部专门教育司司长刘百昭和现代评论派的一些人曾辱骂鲁迅及其他反对章士钊、支持女师大学生斗争的教员为“土匪”“学匪”，鲁迅因此戏称自己的书房为“绿林书屋”。

《华盖集》的封面简单大气，没有任何图案装饰，仅在封面上端六分之一处，接近天头的位置印出书名，由一行拉丁字母拼音和一行汉字组成，中间隔着一个竖排的冒号。拼音是“LUSIN”，为“鲁迅”的发音，排在貌似倒立三角形的变体双引号内；书名“华盖集”为手写黑宋体字，自右向左排列。封面下端接近地脚的位置自右向左排着“一九二六”字样。书名和出版年份之间是巨大的空白。这一封面完全无视普通书籍的视觉规则，有一种野性的坦荡，似乎是向逼仄环境的叫板。

鲁迅的小学功底非常扎实，对我国汉字字体的演变深有研究，在《门外文谈》中，鲁迅讲了文字的起源和发展，把“写字就是画画”作为一节内容。他曾计划编写一本《中国文字变迁史》，可惜一直没有实现。正因为鲁迅对汉字字体有深入的认识，一旦与图案意匠相结合，他就能驾轻就熟地创造出新颖变化的装饰文字。“华盖集”三个宋体字看上去是直接用手写成的，端庄而不失活泼，绝无一般宋字的呆滞之态。

鲁迅并不忌讳言及自己头顶的厄运，《华盖集》的书名既自嘲，又狂狷，其中的文章写得肃杀冷峻，又酣畅淋漓，坦荡之气满溢。1934年5月22日，鲁迅在写给杨霁云的信中说：“我的杂感集中，《华盖集》及《续编》中文，虽大抵和个人斗争，但实为公仇，决非私怨，而销数独少，足见读者的判断，亦幼稚者居多也。”能认识到鲁迅一片公心的读者，少之又少。公允地说，鲁迅也许有许多个敌人，但未必有一个私敌。

“斐然成章，遂亦印行”

——《小说旧闻钞》（1926年8月）

《小说旧闻钞》，鲁迅辑录的古代小说史料集，1926年8月北京北新书局初版，大32开毛边本。

《小说旧闻钞》初版39篇，前35篇是关于38种旧小说的史料，后4篇是关于小说源流、评刻、禁黜等方面的史料，附有鲁迅按语。该书于1935年7月经作者增补，由上海联华书局再版。

鲁迅搜集唐宋传奇的资料并深入考证研究，主要是为写《中国小说史略》做准备，最初并没有单独成书的想法。但到了1926年初，陈西滢等人批评鲁迅《中国小说史略》剽窃了日本盐谷温的《中国文学概论讲话》的小说部分，鲁迅极其愤怒，予以反击，举两例论据：“唐人小说的分类他据森槐南，我却用我法”;“唐人小说他据谬误最多的《唐人说荟》，我是用《太平广记》的，此外还一本一本搜起来……”(《华盖集续编·不是信》)

为了更彻底地回击陈西滢等人，1926年春，鲁迅决定将自己多年来辛苦搜集整理的小说资料分步整理出版，第一本便是由北新书局出版的《小说旧闻钞》(1926年8月)，第二本是《唐宋传奇集》(1927年12月、1928年2月)，第三本是《古小说钩沉》(1939年11月)。

《小说旧闻钞》封面极其简略，在接近天头、书口、地脚的位置各画了一条红线，上下两线横至书脊，左侧竖线连接横线，形成了一个规则的三边框。封面上端为书名和作者名，均自右向左排列。封面下端为“1926”字样。

1926年8月1日，鲁迅写了《序言》，印入北新书局初版本。文中说，他的这些旧稿杂陈案头，“一二小友以为此虽不足以饷名家，或尚非无稗于初学，助之编定，斐然成章，遂亦印行，即为此本”。

1935年7月，上海联华书局再版《小说旧闻钞》时，鲁迅也写了一篇《序言》，交代得更为清楚："《小说旧闻钞》者，实十余年前在北京大学讲《中国小说史》时，所集史料之一部。时方困瘁，无力买书，则假之中央图书馆、通俗图书馆、教育部图书室等，废寝辍食，锐意穷搜，时或得之，瞿然则喜，故凡所采掇，虽无异书，然以得之之难也，颇亦珍惜。"鲁迅还说，《中国小说史略》印成后，他应小友之请，"取关于所谓俗文小说之旧闻，为昔之史家所不屑道者，稍加次第，付之排印，特以见闻虽隘，究非转贩，学子得此，或足省其复重寻检之劳焉而已"。

但《小说旧闻钞》印成后，受到了成仿吾等人的批评。成仿吾在《洪水》第三卷第二十五期（1927年1月）发表的《完成我们的文学革命》中说："趣味是苟延残喘的老人或蹉跎岁月的资产阶级，是他们的玩意。""而这种以趣味为中心的生活基调，它所暗示着的是一种在小天地中自己骗自己的自足，它所矜持着的是闲暇，闲暇，第三个闲暇。""在这时候，我们的鲁迅先生坐在华盖之下正在抄他的'小说旧闻'。"鲁迅将成仿吾称作"海上妄子"，下一本杂文集出版时即命名为《三闲集》，正是对成仿吾的嘲讽。

《小说旧闻钞》初版本10年后始得再版，"顾亦偶有寻求而不能得者，因图复印，略酬同流"。古小说学问之生冷，于此可见也。

“书面实在非常有力，看了使人感动”

——《彷徨》（1926 年 8 月）

《彷徨》，短篇小说集，收录了鲁迅1924—1925年间所写的短篇小说11篇，包括《祝福》《在酒楼上》《高老夫子》《兄弟》《伤逝》等，多写知识分子的彷徨与苦闷，以“表现的深切”“格式的特别”开创了现代小说新纪元。小说集于1926年8月由北京北新书局初版，列入作者所编的《乌合丛书》。

《彷徨》的封面由陶元庆设计，“画的三个人对着太阳坐在一张长椅上，整幅画用暗蓝色画在橘红色的书面上”（钱君匋《我对鲁迅的回忆》，下同）。这三个并列的单色人物坐在一起看落日，预感到天之将晚，想有所行动，但是缺乏果敢决心，依然坐着不动，有彷徨徘徊之意。书名及作者名用铅字排于封面右上，笔法富金石气。封面上下有两条横线，上阔下狭，体现了中国传统书籍的版式特点。“鲁迅见了认为好极，就采用了，在制版印刷的过程中，他非常关怀，惟恐印出来的颜色、地位和原稿有出入，所以他校对再三，这种严格态度是值得我

彷徨
魯迅

们学习的。”

出版《彷徨》前后，鲁迅与陶元庆在通信中多次讨论封面画。1926年8月10日鲁迅致信陶元庆：“《彷徨》书面的锌版已制成，今寄上草底，请将写‘书名’‘人名’的位置指出，仍寄敝寓，以便写入，令排成整版。”不仅封面画是陶元庆画的，就连写书名、人名的位置，鲁迅也要请画家指出，以示对艺术家的尊重。

陶元庆深谙造型原理，构图极具冲击力。《彷徨》的封面画线条粗犷，人物构图加入了木刻元素，脸部特征又神似汉画像，准确表现了《彷徨》苍凉、凝重的基调，耐人寻味。这在那个时代是相当前卫的，有的人看不懂寓意，以为陶元庆连太阳都没有画圆，陶元庆只好愤愤地说：“我真佩服，竟还有人以为我是连两脚规也不会用的！”

鲁迅激赏《彷徨》的封面，1926年10月29日，在写给陶元庆的信中，鲁迅说：“《彷徨》的书面实在非常有力，看了使人感动。但听说第二版的颜色有些不对了，这使我很不舒服。上海北新的办事人，于此等事太不注意。”同一天，在写给李霁野的信中，鲁迅提及向陶元庆索画事：“近来我对于他有些难于开口，因为他所作的画，有时竟印得不成样子，这回《彷徨》在上海再版，颜色都不对了，这在他看来，就如别人将我们的文章改得不通一样。”可见鲁迅对陶元庆封面印刷效果的重视。

因向陶元庆给自己及别人索封面画太多，1926年11月22

日，鲁迅表达了歉意：“我只是一批一批的索画，实在抱歉而且感激。”同时转述了一个德国人对其作品的评价：“这里有一个德国人，叫Ecke，是研究美学的，一个学生给他看《故乡》和《彷徨》的封面，他说好的。《故乡》是剑的地方很好。《彷徨》只是椅背和坐上的图线，和全部的直线有些不调和。太阳画得极好。”Ecke即Gustav Ecke，曾用中文名艾谔风，当时任厦门大学文科哲学系教授，讲授德文、希腊文及希腊哲学等。

在同时代的艺术家当中，鲁迅对陶元庆的赞赏是罕见的，他在《〈陶元庆氏西洋绘画展览会目录〉序》中说：“在那黯然埋藏着的作品中，却满显出作者个人的主观和情绪，尤可以看见他对于笔触，色彩和趣味，是怎样的尽力和经心，而且作者是夙擅中国画的，于是固有的东方情调，又自然地从作品中渗出，融成特别的丰神了，然而又并不由于故意的。”在《当陶元庆君的绘画展览时》一文中说，“他以新的形，尤其是新的色，来写出他自己的世界，而其中仍有中国向来的魂灵”，“必须用存在于现今想要参与世界上的事业的中国人的心里的尺来量，这才懂得他的艺术”。

鲁迅上述评价也体现了自己的装帧思想。他所重视的，正是其中的“笔触，色彩和趣味”，“新的形”和“新的色”，“东方情调”和“个人的主观和情绪”。

至于编印《彷徨》的缘由，鲁迅在《自选集·自序》中说得很清楚：“后来《新青年》的团体散掉了，有的高升，有的退隐，有的前进，我又经验了一回同一战阵中的伙伴还是这么会变化，并且落得一个‘作家’的头衔，依然在沙漠中走来走去，不过已经逃不出在散漫的刊物上做文字，叫作随便谈谈。得到较整齐的材料，则还是做短篇小说，只因为成了游勇，布不成阵了，所以技术虽然比先前好一些，思路也似乎较无拘束，而战斗的意气却冷得不少。新的战友在哪里呢？我想，这是很不好的。于是集印了这时期的十一篇作品，谓之《彷徨》，愿以后不再这模样。”鲁迅坦率地解剖了自己，认为“战斗的意气却冷得不少”，他已经认识到“这是很不好的”，他要继续前进，努力去找新的道路。

“只要和‘坟’的意义绝无关系的装饰就好”
——《坟》（1927年3月）

《坟》，鲁迅的第三本杂文集，收作者1907—1925年所作论文杂感23篇，1927年3月由北京未名社初版，大32开毛边本。1929年3月第二次印刷时曾经作者校订。1930年4月第三次印刷改由上海北新书局出版。作者生前共印行四版次。

《坟》的封面同样由陶元庆设计。

从《苦闷的象征》的封面开始，鲁迅便“一批一批”地向陶元庆索要封面画，既为自己的著作索要，又为朋友的著作和刊物索要。1926年10月29日，鲁迅以惴惴然的心情致信陶元庆，一口气开列了四幅封面画，分别是淦女士的小说集、李霁野译安特列夫戏剧《黑假面人》、自己的杂文集《坟》以及董秋芳译俄国小说《争自由的波浪》，并说，“一开就是这么多，实在连自己也觉得太多了”。

设计《坟》的封面，鲁迅先作设想，再请陶元庆画封面画，“我的意思是只要和‘坟’的意义绝无关系的装饰就好”。鲁迅

《坟》书影（左）及扉页（右）

还把“鲁迅、坟、1907—25”字样排列成三行，请陶元庆组织进去或另用铅字排印。“《坟》如画成，请寄厦门，或寄钦文托其转交未名社均可。”

陶元庆没有完全采纳鲁迅的意见，所绘封面以白色作底，铺以赭黄的大色块，上面画着黑色、暗绿色两座三角形的山，相叠处又形成一个白色的小三角形。前面摆放着一具浙东一带常见的白色棺椁，周围有三棵白色的树木。大色块的上方，是印刷体的繁体书名“坟”，其上一行自右向左横排“鲁迅”二字，其下一行自左向右横排写作时间“1907—1925”。这一设计突破了传统意义上“坟”恐怖负面的印象，显得抽象、几何，整个画面低沉肃穆，又透露出死亡的气息。

《坟》的扉页上有鲁迅自绘的图案：中间是一个正方形方框，有如墓碑，分内外两层。外层由花草树木以及“1907—25”等图形和文字组成，很有六朝墓门云龙纹的装饰风格，看上去浑厚有力。方框里边分上下两层写着“鲁迅 坟”三个字，字体极有金石味，很像墓碑上主人的名姓。框外右上角站立着一只歪头瞪眼的猫头鹰，似乎正发出令人毛骨悚然的枭鸣，使人想起鲁迅自嘲的一句话：“我的文章是枭鸣，别人不爱听。”猫头鹰在中国传统文化中一直是恶鸟，预示着不祥和晦气，鲁迅却喜欢这种怪鸟，钱玄同也曾开玩笑说鲁迅像只猫头鹰。以猫头鹰图案装饰自己的书，显示了鲁迅的非凡品味。

《坟》的封面和扉页分别使用了陶元庆和鲁迅的一幅小画，可以说是双封面画，这在鲁迅的书籍设计史上属于个案，耐人寻味。陶元庆所绘封面突出了坟堆和棺材，鲁迅所绘封面突出了墓碑和猫头鹰，二者相互补充，都以“坟”为意象，非常有表现力，又极具装饰意味。窃以为，鲁迅的“小画”更能表现他所追求的“造成一座小小的新坟，一面是埋藏，一面是留恋”的思想。这个双封面是鲁迅、陶元庆合作的结果，同时也体现了鲁迅独立的艺术精神。

鲁迅之所以要出版《坟》，是因为“我有时却也喜欢将陈迹收存起来，明知不值一文，总不能绝无眷恋，集杂文而名之曰《坟》，究竟还是一种取巧的掩饰”。“惟愿偏爱我的作品的读者也不过将这当作一种纪念，知道这小小的丘陇中，无非埋着曾经活过的躯壳。”

“面题‘鲁迅先生’，我已令其改正”

——《野草》（1927 年 7 月）

《野草》，散文诗集，共收入鲁迅的散文诗23首（包括一首打油诗和一出诗剧），最初发表于1924年12月至1926年1月的《语丝》周刊（《题辞》最初亦发表于1927年7月2日出版的《语丝》第138期），署名均为鲁迅。

1927年4月，《野草》由鲁迅亲自编定，同年7月由上海北新书局初版印行，列入作者所编的《乌合丛书》。

《野草》初版本的封面画由鲁迅请孙福熙（1898—1962）所作。画面的主基调是黑灰色，构图简洁有力：几条白色的弧线，代表浓云；几缕断续的斜线则表示雨。云和雨的下面，是深碧色的野草，虽寥寥数笔，但茂盛之状可见，以简拟繁之法，给人以极大的想象空间。书名“野草”二字是十分美观的手写艺术体，有变形云龙纹的感觉。“鲁迅先生著”五字由鲁迅题签。这一封面图空灵，幽深，营造了诗意的情境。

此后印行的版本，除个别字和标点有所不同，各篇文字大

都和初版相同。

此封面画淋漓尽致地体现了鲁迅的“野草精神”，无论其画面寓意、构图还是创作手法都是一流的，可谓神品。

《野草》1928年1月发行第三版时，根据鲁迅的意见，删去了署名后的“先生”二字，改为“鲁迅著”。1927年12月9日，鲁迅在致章廷谦信中曾提及此事：“《野草》初版，面题‘鲁迅先生’，我已令其改正，所以须改正本出，才以赠人。”

《题辞》从1931年7月的第七版开始，被国民党书报检查机关抽去；1941年，上海鲁迅全集出版社出版《鲁迅三十年集》时才重新收入《题辞》。

鲁迅对朋友说过，他的哲学都在《野草》里——《野草》露出了鲁迅灵魂的“真”与“深”，相对真实、深入地揭示了鲁迅的个人存在、个人生命的存在与个人话语的存在。钱理群先生说，《野草》只属于鲁迅自己。此言确矣。《野草》是我们接近鲁迅个人生命的最好途径，探寻鲁迅灵魂的最好窗口。

孙福熙是鲁迅的学生孙伏园的弟弟，是一位和鲁迅交往较多的画家和同乡。鲁迅十分欣赏孙福熙的画才，请孙福熙为初版的散文诗集《野草》设计封面，这是“文坛的经典性作家”和“画坛的经典性画家”的历史性“相遇”，鲁迅正是在画家这里找到了知音。鲁迅逝世后，孙福熙写了一篇题为《鲁迅·艺术家》的悼文，提出“鲁迅这名字，应该大书在艺术史上的，却因为他在文学上的功绩，遮掩了艺术上的记录”。值得重视的是，这是对“艺术家的鲁迅”的第一次确认。

孙福熙为鲁迅设计封面，是画家和作家的相遇和互动，也是画家和作家的心灵相遇，从中可以看到文学、美术、思想怎样交织并相互影响。

加盖了一颗倾斜四十五度的隶书阳文印章

——《华盖集续编》(1927年5月)

《华盖集续编》，鲁迅的第四本杂文集。1926年10月鲁迅在厦门编定，1927年5月由北京北新书局出版（封面“一九二六”为误印），收录了鲁迅写于1926年的杂文32篇，包括《学界的三魂》《古书与白话》《记念刘和珍君》《马上支日记》等。1926年底，鲁迅已决计离开厦门，次年1月，他在乘船去广州的途中，给北新书局的老板李小峰写了一封信，谓之《海上通信》，也收到了书中。因此，加上书前“小引”，书中的文章共有34篇。

《华盖集续编》的封面只是以《华盖集》封面为底子，在“华盖集”三字下方醒目地加盖了一颗倾斜四十五度的隶书阳文印章——“续编”，古朴随意而别出心裁，形成“黑”与“红”的鲜明对照，与《华盖集》的封面形同孪生。封面中间仍是大面积的留白，底部横写的“一九二六”四个黑字与顶部的作者名相呼应，给人想象的空间。民国时代，绝大多数情况下只能

LUSIN

華蓋集

一九二六

做两色印刷，鲁迅充分利用了现有的条件，用极少的元素因地制宜设计封面，简洁又稳妥，令人拍案叫绝。

《华盖集续编》里面所讲，作者称“仍然并没有宇宙的奥义和人生的真谛”(小引)，“不过是，将我所遇到的，所想到的，所要说的，一任它怎样浅薄，怎样偏激，有时便都用笔写了下来。说得自夸一点，就如悲喜时节的歌哭一般，那时无非借此来释愤抒情，现在更不想和谁去抢夺所谓公理或正义”。这些文字有些写于上海，有些写于厦门，是鲁迅的心灵写真。

孙郁先生谈《华盖集续编》，说：“初读此书，很感慨于它的沉郁冲荡，文章的犀利和精神的深邃，是过目难忘的。”“依稀地觉得，像荒野里的劲风，呼呼地吹着，给人以丝丝冷意。文章写得自然、古奥，有《学界的三魂》那样的理性很深的走笔，也有《记念刘和珍君》似的岩浆喷吐的篇什。鲁迅的杂文，流动着灵魂的火，它照着你，让你感到一种暗夜里的激情。”(《鲁迅书影录》，东方出版社2004年版，第21页。)孙先生所言极是。

鲁迅生前自编的书，内容和体例均很别致，今人观之，仍感慨良多。

这幅书面“用于讲中国事情的书上最合宜”

——《唐宋传奇集》（1927年12月，1928年2月）

《唐宋传奇集》，鲁迅辑校、考订唐宋传奇的选本，上海北新书局分别于1927年12月和1928年2月出版上、下册，32开毛边本。

在小说史料整理方面，辛亥革命之前鲁迅基本完成了《古小说钩沉》一书的辑校，之后便整理唐宋传奇。鲁迅请许广平按选目抄录旧稿，并请他过去的学生魏建功用北京大学所藏许自昌刻大字本《太平广记》加以校勘。

鲁迅加意钩稽选考唐宋传奇，十余年来已颇具规模，只是由于精力兴致的问题，书稿一直静静地躺在书箱底，等待时机来临。1927年，辞去中山大学一切职务的鲁迅，在完成《野草》《朝花夕拾》《小约翰》等著译后，即着手此书编订事，过程如下：1927年8月22日，“终日编次《唐宋传奇集》，撰札记”。23日，“仍作《传奇集》札记”。24日，“仍作《传奇集》札记，大旨粗具”，可见札记花了鲁迅很多的工夫。9月10日，旧历

中秋，“夜纂《唐宋传奇集》略具，作序例讫”。

这篇《序例》除了议论和说明，篇末还附加了一段很有意境又如释重负的题记：

> 中华民国十有六年九月十日，鲁迅校毕题记。时大夜弥天，璧月澄照，饕蚊遥叹，余在广州。

“大夜弥天，璧月澄照，饕蚊遥叹，余在广州。”非常生动的情景文字，典出陆云《南征赋》：“映皓月而望舒暗，照重昏而大夜朗。”《唐宋传奇集》中的《长恨传》一篇也有相同的句式：“于时云海沉沉，洞天日晓，琼户重阖，悄然无声。”鲁迅的语言意境极为丰富，这一题记蕴含着深意——此时，鲁迅即将离开广州转赴上海，开始新的工作和生活。

1958年12月，毛泽东在广州见到文物出版社1958年9月刊本《毛主席诗词十九首》，天头甚宽，因而写了一段批注："鲁迅一九二七年在广州，修改他的《古小说钩沉》，然后说道：于是云海沉沉，星月澄碧，饕蚊遥叹，予在广州。从那时到今天，三十一年了，大陆上的饕蚊灭得差不多了，当然，革命尚未全成，同志仍须努力。"毛泽东凭记忆引用鲁迅的这句话，虽然有误，但他倒是细读过《唐宋传奇集》的。

《唐宋传奇集》的出书节奏，从鲁迅书信中可看出脉络："《唐宋传奇集》方在校印，拟先出上册，成后即寄奉。"（书信271107致章廷谦）"现在是在校印《唐宋传奇集》，这是古文，我所选编的，今年可出上册，明年出下册。"（书信271118致翟永坤）"《唐宋传奇集》上册今天才校了，出版大约尚须几天。出时奉寄。下册稿已付印局。"（书信271209致章廷谦）到了12月底，上册印出来了："晚得小峰信并《唐宋传奇集》二十本，旧稿一束，甘酒一皿，即复。"（《鲁迅日记》1927年12月29日）

《唐宋传奇集》封面由鲁迅手绘版样，陶元庆完成。

1926年2月27日，鲁迅致信陶元庆："已收到寄来信的[和]画，感谢之至。但这一幅我想留作另外的书面之用，因为《莽原》书小价廉，用两色板的面子是力所不及的。我想这一幅，用于讲中国事情的书上最合宜。"从信中可知，陶元庆给《莽原》画了一幅封面画，但鲁迅认为用在此书上不划算，因此，想用到讲中国事情的书上，这本书就是《唐宋传奇集》。同时，鲁迅还"很希望兄有空，再画几幅，虽然太有些得陇望蜀"，对陶元庆画作的喜爱溢于言表。

《唐宋传奇集》封面上部位置为一组车马人物的图案，采用汉画像石风格，与书的内容很契合，极其写意。画中共有二轮马车一驾，华盖一具，树木一株。八个抽象人物分布在画面中，一人擎华盖，两人并辔骑马驾车，两人俯身跟从，两人拱手随行，排列有序，别具意趣。封面下方自右向左排列“唐宋传奇集”及“鲁迅校录”字样。封面画以赭色为主，辅以黑色，素朴静穆，很契合怀古气氛。就这一细节，鲁迅还征求过陶元庆的意见：“《唐宋传奇集》书面用之赭色样本，今日送来了。今并原样一同寄上。对否？希示复。”（书信271122致陶元庆）

1928年2月，《唐宋传奇集》下册印成；2月14日，鲁迅“下午得小峰信并《唐宋传奇集》下册二十五本”。

《唐宋传奇集》是鲁迅从事古籍整理的重要成果，也是研究唐人小说的必读书。此书开手于南京，完成于广州，中间多年整理于北京，从搜集资料到出版，前后跨度达15年之久。鲁迅很看重花了15年心血的《唐宋传奇集》，1932年4月24日，在写给李小峰的信中说：“此次因乔峰搬家，我已将所存旧纸版毁掉，只留三种，其《唐宋传奇》及《桃色的云》，我以为尚有可印之价值，但不知北新拟印否，希示，否则当另设法也。”两天后的4月26日，因北新书局同意新印《唐宋传奇集》，鲁迅即将《唐宋传奇集》《桃色的云》纸版各一副寄给李小峰。

到了1934年4月11日，“夜得小峰信并版税二百，《唐宋传奇集》纸版一包，书面锌版两块”。至此，《唐宋传奇集》与北新书局的合作终结，北新书局将纸版及书面锌版寄还鲁迅。同一年，联合书店重版《唐宋传奇集》，并将上下册装订为一册。

“第一页后面，须加‘孙福熙作书面’字样”
——《小约翰》（1928 年 1 月）

《小约翰》，鲁迅翻译的长篇童话小说，荷兰作家F.望·蔼覃（Frederik van Eeden）著。1928年1月北京未名社初版，为《未名丛刊》之一，32开毛边本。

1906年，在日本留学的鲁迅偶然在东京书店买来的德文文学杂志中发现了《小约翰》，非常喜爱。20年后，鲁迅和齐寿山（齐宗颐）躲在中央公园的一间红墙的小屋里，先将其译成一部草稿。“我们的翻译是每日下午，一定不缺的是身边一壶好茶叶的茶和身上一大片汗。有时进行得很快，有时争执得很凶，有时商量，有时谁也想不出适当的译法。译得头昏眼花时，便看看小窗外的日光和绿荫，心绪渐静，慢慢地听到高树上的蝉鸣，这样地约有一个月。”（《〈小约翰〉引言》）之后，鲁迅带着草稿到厦门大学，又到中山大学，终于在广州白云楼上定稿。

《小约翰》是荷兰最重要的文学作品之一，作者F.望·蔼

《小约翰》初版书影

覃（1860—1932）是19世纪末20世纪初荷兰的著名作家。主人公小约翰苦苦寻求那本“解读人生所有疑问的大书”的经历，寓意人类面临的共同处境。鲁迅对《小约翰》的评价非常高，他认为，《小约翰》“是一篇象征写实的童话诗。无韵的诗，成人的童话。因为作者的博识和敏感，或者竟已超过了一般成人的童话了……我也不愿意别人劝我去吃他所爱吃的东西，然而我所爱吃的，却往往不自觉地劝人吃。看的东西也一样，《小约翰》即是其一，是自己爱看，又愿意别人也看的书”。甚至在1927年，刘半农受瑞典汉学界之托拟推荐鲁迅为诺贝尔文学奖候选人，委托台静农征询鲁迅意见时，鲁迅也对比《小约翰》婉言谢绝，回信说：“静农兄：请你转致半农先生，我感谢他的好意，为我，为中国。但我很抱歉，我不愿意如此。诺贝尔赏金，梁启超自然不配，我也不配……你看我译的那本《小约翰》，我哪里做得出来，然而这作者就没有得到。”著名鲁迅研

《小约翰》再版书影

究学者孙郁说:“这本书，直接催生鲁迅的《朝花夕拾》，我甚至觉得，那篇《从百草园到三味书屋》，便是他译过《小约翰》后的一种自我追忆。”

《小约翰》的封面由孙福熙设计，由于其时孙福熙生病，这一过程比较曲折。

1927年10月4日，鲁迅致信未名社的台静农和李霁野:“此书封面及《朝华［花］夕拾》书面，已托春台去画，成后即寄上。于书之第一页后面，希添上‘孙福熙作书面’一行。”十天后的10月14日，情况有变，鲁迅通知台静农、李霁野:“《小约翰》及《朝华夕拾》两书面，本拟都托春台画，但他现在生病，所以只好先托其画《小约翰》的一张，而今尚未成（成后即寄上)。《朝华夕拾》第一页的后面，且勿印‘孙福熙作书面’字样。”10月20日，鲁迅再次通知:“孙春台病已愈，《朝华夕拾》封面已将开始绘画。书之第一页后可以印上‘孙福熙作书面’字样了。”

上述三封信涉及《小约翰》及《朝花夕拾》两书封面的署名问题。关于《朝花夕拾》是否印孙福熙的名字，鲁迅意见多次变化，一会儿印一会儿不印，出版社大约搞混了两本书的情况，因此，《小约翰》印成后，并没有按照鲁迅的意思署上画家姓名。1928年2月5日，鲁迅在写给李霁野的信中还在追究此事，并试图补救:“一月廿四日信已到，《小约翰》两包，也已经收到了。有一样事情不大好，记得我曾函托，于第一页后面，须加‘孙福熙作书面’字样，而今没有，是对不起作者的，难以送给他。现在可否将其中的一部分（四五百部）的第一张另印，加上这一行，以图补救？望即将现在所订那样的（即去年底寄给我的）《小约翰》，再寄给我十多本。如第一页另印本成功时，再将另印本寄给我十本，就够了。”3月2日，鲁迅收到未名社重印后寄来的《小约翰》10本，当即转寄了5本给孙福熙。从这件事可以看出，鲁迅非常尊重艺术家的劳动成果，重视著作权，人情是很练达的。

由于对鲁迅传达的信息理解有误，《小约翰》就有两种初版本并行于世，一种扉页直排“未名丛刊之一　小约翰　荷兰拂来特力克・望・蔼覃著　鲁迅重译”，另一种在“鲁迅重译”后面添加了“孙福熙作书面”六字，两书扉页背面均印“一九二八年一月印行：一至一千册”。其实各印500册上下。这一曲折的细节，没有系统阅读鲁迅书信的读者，是极难发现的。

孙福熙设计的《小约翰》封面，为一裸体幼儿从海滨高山之旁朝着月亮奔去的剪影，书名和译者名均为很有童趣的儿童体美术字。1927年10月20日，鲁迅在上海将封面铜版做好后，连同书面标本一道，委托北新书局寄给北京未名社：“《小约翰》封面铜板已做好，已托北新代寄，大约数日后可到。今将标本寄上，纸用黄色，图用紫色。”（书信271020致李霁野）

鲁迅不仅对封面如此尽心，对书中的插图，也给了非常专业精细的指导，比如，在1927年10月4日写给台静农和李霁野的信中，交代了如何处理蔼覃的照片：“昨天到上海，看见图样五张。蔼覃的照相，我以为做得很不好看。我记得原底子并不如此，还有许多阴影，且周围较为毛糙。望照原本重做一张，此张不要。我前信言削去边者，谓削去重照后之板边，非谓连阴影等皆削去之也。总之希重做一张，悉依原来的样子。”

为加快印刷、装订的速度，鲁迅也是亲力亲为，动了很多脑筋。11月16日，鲁迅致信李霁野：“《小约翰》作者照像，托春台印［带］去印的，而他忽回家，大约不日当回上海，取来寄京。现在向我索取者甚多。我想，较快的办法，是此书之内容及封面印成后，望即将书面及书之散页，寄我五十份（仍由周建人代收）；一面我将照相留下五十份。待散页一到，在此装钉，便快得多了。希成后即寄为要。”

当然，对孙福熙的这一封面，鲁迅显然不是很满意，等到1929年未名社再版该书时，鲁迅便亲自设计封面，图案采用勃伦斯的《妖精与小鸟》，并手写了“小约翰”三字，书风明朗活泼。这一富有装饰意味、深具童趣的元素使整本书的装帧更轻松愉悦，更贴近儿童视野，也更加天真烂漫、清新温婉，与童话小说的风格完美结合。同时，鲁迅还详尽交代了封面用纸、画和字的颜色：“《小约翰》封面样张，今寄上，我想可作锌板两块，一画一字，底下的一行，只要用铅字排印就可以了。纸用白的，画淡黑色，字深黑。”（书信290420致李霁野）现代文学史上，如此深度参与封面设计的作家，舍鲁迅无他。

对“帮我搜集图画的几个朋友”顺手表明谢意

——《思想·山水·人物》（1928 年 5 月）

《思想·山水·人物》，日本鹤见佑辅的杂文集，鲁迅译，北新书局1928年5月出版，32开毛边本，售价大洋9.5角。

原书于1924年由日本东京大日本雄辩会社出版，共收杂文31篇，鲁迅选译了20篇，其中13篇（包括序言）的译文在收入单行本之前，分别发表于《北新》周刊、《北新》半月刊、《语丝》周刊、《京报副刊》、《莽原》半月刊、《民众文艺周刊》等。

鹤见佑辅（1885—1972），日本评论家，曾留学美国。主要著作除《思想·山水·人物》，还有《南洋游记》《欧美名士印象记》《拜仑传》等。

《思想·山水·人物》的封面正中，是一大团木刻的云彩，线条简约，虚实相间，右侧飞翔着一只海鸟，很有风起云涌之势。书名“思想　山水　人物”排印在封面最上方，词语之间以两个空心的菱形符号（很像星星）隔开，下方排印“日本·鹤见佑辅·著　鲁迅译”；封面下端排印“一九二九年·上海北新

书局印行”。

1928年3月31日，鲁迅译完此书后作《题记》，说他“每当不想作文，或不能作文，而非作文不可之际，我一向就用一点译文来塞责，并且喜欢选取译者读者，两不费力的文章”。这类文章“爽爽快快地写下去，毫不艰深，但也分明可见中国的影子”。原作者的专业是法学，“这书的归趣是政治，所提倡的是自由主义”，其中关于英美现势和国民性的观察，“都很有明快切中的地方，滔滔然如瓶泻水，使人不觉终卷”。于是，鲁迅把长长短短的12篇集中起来，“索性在上海的‘革命文学’潮声中，在玻璃窗下，再译添八篇，凑成一本付印了”。

初版本内页有多幅铜版纸插图，鲁迅对此做了说明：“原书有插画三幅，因为我觉得和本文不大切合，便都改换了，并且比原数添上几张，以见文中所讲的人物和地方，希望可以增加读者的兴味。帮我搜集图画的几个朋友，我便顺手在此表明我的谢意，还有教给我所不解的原文的诸君。”

鲁迅在文中提到的插图包括:“著者在美洲霍特生湖畔”“美国米希锡比河（密西西比河）的风景”“比利时滑铁卢的纪念塔”“中国北京城和骆驼”等。

“书面的事，说起来很难”

——《朝花夕拾》（1928 年 9 月）

《朝花夕拾》，鲁迅的散文集，作于1926年2月至11月，共10篇，都是鲁迅回忆往事的作品，文笔优美，感情深沉。前5篇写于北京，后5篇写于厦门。先后发表在《莽原》半月刊，总题为《旧事重提》。1927年5月成集时，改名为《朝花夕拾》，并作《小引》，7月又写了《后记》，1928年9月由北京未名社印行，为鲁迅自己所编的《未名新集》之一。1932年9月，此书改由上海北新书局重排出版。

鲁迅在其出版活动中，一直寻求着理想的书面。他最初想请孙福熙为《朝花夕拾》作封面画，并就此事与未名社反复通信。“书面的事，说起来很难，我托了几个人，都无回信。本地，是无法可想的，似乎只能画一个军人骑在马上往前跑。就是所谓‘革命！革命！’《朝华［花］夕拾》我托过春台，没有画来，他与北新闹开，不知怎的和新月社去联合了。让我再想一想看。”(书信270925致李霁野) 当时广州所谓的“革命文学社”

出版的刊物《这样做》（旬刊）三四期合刊的封面画着一个军人骑在马上往前跑，以后各期均沿用，鲁迅对此颇为不屑。

1927年十月间，鲁迅托孙福熙作《朝花夕拾》封面画，因孙生病，情况变化多次。后来孙福熙还是没画成，改由陶元庆绘制：古装仕女置身亭园草木间，图案精巧，笔简意丰，清新宛如一阕宋词，是很有中国风味的景色。这种以传统符号为元素，又富含新意的创作，是陶元庆区别于其他插画师的地方，也是20世纪20年代资产阶级民主主义潮流和"五四"新文化运动共同洗礼的产物。

陶元庆同时代的艺术家对陶的作品有极高的评价。如1929年陈抱一在《回忆陶元庆君》中说："陶君的作品……富装饰感……看他的作品全体的气概的特象，与其说是健重的、丰丽的，宁说是柔弱的、阴沉的。但所谓柔弱阴沉，在他的作品上决非不好的意味，因为那确是纯真的根据，他自己本能的观感所表现的缘故。"1929年钟敬文在《陶元庆先生》中说："他的绘画的取材、表现等方法，虽大概属于西方的，但里面却函容着一种东方的飘逸的气韵。"1929年钱君匋在《陶元庆论》中说："元庆的画，有些分不出水彩与油画来，自然更分不出中国画与西洋画来，因为他专致力于表现一种意境，往往在水彩画的画面上泼上许多粉，有时他厌弃画笔，用手指蘸油色作画，据他的经验，手指触描出使他合意的笔触和情绪，笔是万万不能做到的。""元庆的画，不被自然桎梏，而能在他自己的心中活动，驱使自然，所以他是配称'自然的父亲'的。"

鲁迅
朝花夕拾

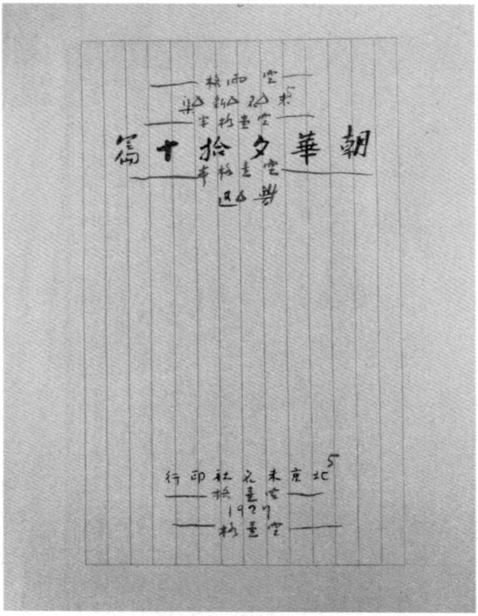

鲁迅设计的《朝花夕拾》扉页

鲁迅也曾在《当陶元庆君的绘画展览时》一文中，评论陶元庆的画作“内外两面都和世界和时代思潮合流，而又并未梏亡中国的民族性”，“必须用存在于现今想要参与世界的事业的中国人的心里的尺来量，这才懂得他的艺术”。

天妒英才，1929年8月6日，陶元庆因心脏衰竭英年早逝，年仅37岁。陶元庆的逝世是刚刚发轫的中国新文学书籍装帧艺术界的重大损失，也是中国新文学的重大损失。鲁迅对陶元庆的逝世深感悲痛，从自己的稿酬中捐出300元，托许钦文在杭州西湖畔买了三分多地，为陶元庆置办了坟园——元庆园，且将陶元庆创作的部分封面画托人携至杭州，交许钦文陈列在元庆园。陶元庆逝世后三年，鲁迅在《陶元庆的出品》一书中题曰：“此璇卿当时手订见赠之本也。倏忽已逾三载，而作者亦久已永眠于湖滨。草露易晞，留此为念。呜呼！”

陶元庆在其流星般短暂的艺术生涯中，用现代美术语言，抒发了现代中国人的思想、感情和心理，创造了新文学史上堪称绝品和神品的封面画，那些富有标志和徽记意味的封面不仅修饰了新文学，也参与了新文学思想主旨的表达，他为“五四”以降的书籍装帧艺术做出了卓越贡献。因此可以说，鲁迅是现代文学装帧艺术的奠基者，陶元庆则开创了现代文学装帧艺术的新局面。

《朝花夕拾》的出版过程在鲁迅的书信中可以找到一些线索。

1928年3月14日，鲁迅致信未名社李霁野：“黄纸，我觉得不能用于《朝花夕拾》书面，另看机会罢。”可见此时已启动《朝花夕拾》的出版工作。7月17日，鲁迅托当时的开明书店编辑钱君匋印制《朝花夕拾》封面："顷奉到惠函并书面二包，费神谢谢。印费多少，应如何交付，希见示，当即遵办。"当天日记也载："得钱君匋信并《朝花夕拾》书面两千枚。"同一日致信李霁野："《朝花夕拾》封面昨刚印好，共二千张，当于明日托舍弟由商务馆寄上。"1928年10月8日，"得霁野信并《朝花夕拾》二十本"。表明此书已出版，次日，鲁迅即寄赠陶元庆、许钦文等。

《朝花夕拾》是鲁迅辗转北京、厦门等地的怀旧之作。1935年12月26日，鲁迅在为《故事新编》所作的序言中，也提到了《朝花夕拾》："直到一九二六年的秋天，一个人住在厦门的石屋（厦大集美楼）里，对着大海，翻着古书，四近无生人气，心里空空洞洞。而北京的未名社，却不绝的来信，催促杂志的文章。这时我不愿意想到目前；于是回忆在心里出土了，写了十篇《朝华夕拾》。"

1931年8月，《朝花夕拾》交由北新书局再版时，鲁迅叮嘱李小峰出版事宜："今日得来信后，即将《朝花夕拾》一本持上，此书中有图板，去制版时，希坚嘱勿将底子遗失，因反面印有文字，倘失去，则寓中更无第二本也。又此书只十行，此次印刷，似可改为每页十二行，行卅字，与《呐喊》等一律。"1932年10月14日，鲁迅将北新书局版《朝花夕拾》给崔真吾寄了一本，并说"此书兄当已有，但因新排三板，故顺便同寄，内中毫无改动，大约不过多几个错字耳"。可知新排三版《朝花夕拾》只是改动了错字。

“然而我只有杂感而已”

——《而已集》（1928 年 10 月）

《而已集》，鲁迅的第五本杂文集，收入了1927年创作的杂文29篇，附1926年创作的杂文1篇。1928年10月上海北新书局初版，印4000册，售价6角。1929年2月再版，印5000册。

《而已集》的封面由鲁迅设计，没有图案和装饰，只把功夫下在了书名和姓名的设计上。鲁迅使用了自己设计的自由美术体，独一无二的字体和鲁迅其他著作的封面都有区别，简洁，朴素，很有趣味。这一设计思路充分考虑到了印刷成本，操作简单，成本低，却颇具深意。

《而已集》紧随扉页后，以新诗分行的形式排印了一首《题辞》，共八句话，以242的形式排列，说明了集印本书的原因：

> 这半年我又看见了许多血和许多泪，
>
> 然而我只有杂感而已。

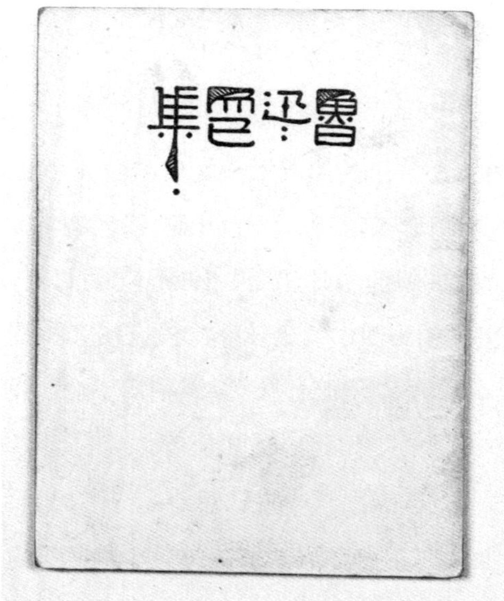

泪揩了，血消了；

屠伯们逍遥复逍遥，

用钢刀的，用软刀的。

然而我只有“杂感”而已。

连“杂感”也被“放进了应该去的地方”时，

我于是只有“而已”而已！

以上的八句话，是在一九二六年十月十四夜里，编完那年那时为止的杂感集后，写在末尾的，现在便取来作为一九二七年的杂感集的题辞。

一九二八年十月三十日，鲁迅校讫记。

这《题辞》本是《华盖集续编》的终卷之作，它的内容，是针对“三一八”惨案前后的社会现实，但直到1928年10月出版《而已集》时才作为该集题辞发表。此时，又发生了“四一二”反革命政变，中国依然如故，旧文仍能注解新情况，为之一叹。

“引入世界上的灿烂的新作”

——《艺苑朝华》五种（1929年1月—1930年5月）

1928年11月，鲁迅、柔石、王方仁、崔真吾、许广平五人创立了学术研究兼出版社性质的美术团体“朝花社”，主要研究介绍国外优秀的进步美术作品，兼及外国文学作品，以达到引进刚健质朴的文艺、改变国民精神的目的。社团由鲁迅命名，“朝花”二字源自陆机《文赋》“谢朝华于已披，启夕秀于未振”句。

鲁迅一生钟情美术特别是图画，幼年时用荆川纸描摹书上的插图，成年后又花费很大力气购买汉画像石、瓦当等拓本，还通过徐诗荃、曹靖华等人搜集了不少外国版画原作。在这一情结的推动下，朝花社策划了一套《艺苑朝华》，原计划分期出版，每期包括12辑，每辑包括12幅版画。1929年4月朝花社出版的《近代世界短篇小说集1：奇剑及其他》书后，刊出了鲁迅亲自撰写的《艺苑朝华》广告——

虽然材力很小，但要绍介些国外的艺术作品到中国来，也选印中国先前被人忘却的还能复生的图案之类。有时是重提旧时而今日可以利用的遗产，有时是发掘现在中国时行艺术家的在外国的祖坟，有时是引入世界上的灿烂的新作。每期十二辑，每辑十二图，陆续出版。每辑实洋四角，预定一期实洋四元四角。

拟印行的目录也公布出来了：

1.《近代木刻选集》(1)

2.《蕗谷虹儿画选》

3.《近代木刻选集》(2)

4.《比亚兹莱画选》

(以上四辑已出版)

5.《新俄艺术图录》

6.《法国插画选集》

7.《英国插画选集》

8.《俄国插画选集》

9.《近代木刻选集》(3)

10.《希腊瓶画选集》

11.《近代木刻选集》(4)

12.《罗丹雕刻选集》

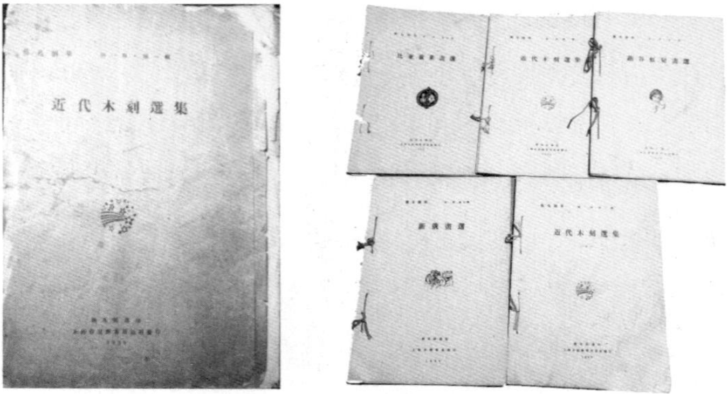

《近代木刻选集》(1)及《艺苑朝华》五种

这是一个堪称雄图大略的计划，足见鲁迅及朝花社同仁胸中的丘壑。但由于时代原因，最终出版的只有五辑，分别是：《近代木刻选集》(1、2)、《蕗谷虹儿画选》、《比亚兹莱画选》和《新俄画选》。因《新俄画选》编成时朝花社已倒闭，改由光华书局出版。

一、不模仿，不复刻，捏刀向木，直刻下去

——《近代木刻选集》(1)(1929年1月)

《艺苑朝华》第一期第一辑，朝花社1929年1月26日印成，内收英、法等国版画12幅，上海合记教育用品社发行，大16开本。印1500册，售价大洋4角。

《艺苑朝华》各辑的封面设计相似。《近代木刻选集》(1)

白纸封面上简单地横排着几行字，自上到下分别是：

艺苑朝华　第一期·第一辑

近代木刻选集

-1-

朝花社选印

上海合记教育用品社发行

1929

封面中间位置印有一帧木刻小品，图案为星星及其运行轨迹。这是法国画家阿尔弗雷德·拉图（Alfred Latour）之作，鲁迅自 *The Woodcut of Today* 中取来，目录中未列，但在附记中有说明。

1929年1月20日，鲁迅作《近代木刻选集》（1）小引，系统介绍了木刻的历史，阐述了自己的木刻思想。其中说，欧洲的木刻大约来自中国，先驱者是印着极粗的木版图画的纸牌，这“成了他们文明的利器的印刷术的祖师”，木版画恐怕也是这样传去的。木版画一般用作书籍的插图，铜版术在欧洲兴起后，木版画就突然中衰。唯英国输入铜版术较晚，还保存着旧法，至19世纪中叶，木刻创作兴起。“所谓创作底木刻者，不模仿，不复刻，作者捏刀向木，直刻下去。”就是以刀代笔，以木代纸或布，和复制木刻截然不同，风韵技巧因人而异，成了纯正的艺术。

在《附记》中，鲁迅介绍了书中的12幅木刻，都是从英国的*The Bookman*、*The Studio*、*The Woodcut of Today*中选取的。*The Bookman*（《文人》）是英国文艺新闻杂志，1891年创刊于伦敦，1934年停刊。*The Studio*（《画室》）是英国美术杂志，乔弗莱·霍姆主编，1893年创刊于伦敦，1897年停刊。*The Woodcut of Today*（《当代木刻》），霍姆编，1927年英国伦敦摄影有限公司出版。

鲁迅介绍木刻画家时，也解读了他们的木刻作品。比如对惠勃《高架桥》的介绍："是圆满的大图画，用一种独创的方法所刻，几乎可以数出他雕刻的笔数来。统观全体，则是精美的发光的白色标记，在一方纯净的黑色地子上。"比如对达格力秀的介绍："尤宜于作动植物书中的插画，能显示最严正的自然主义和纤巧敏慧的装饰的感情。"观他的木刻，"便可知木刻术怎样有裨于科学了"。再如对华惠克《会见》的介绍："是装饰与想象的版画，含有强烈的中古风味的。"这些介绍，可以视作对民众的木刻启蒙教育。

二、幽婉之笔尤合中国现代青年的心

——《蕗谷虹儿画选》(1929年1月)

《艺苑朝华》第一期第二辑，朝花社1929年1月26日印成，内收蕗谷虹儿作品12幅，并附有画家自己的诗和散文诗11首。上海合记教育用品社发行，大16开本。印1500册，售价大洋4角。

蕗谷虹儿（1898—1979），日本画家，作品有画集《睡莲之梦》《悲凉的微笑》《木偶新娘》等。

1929年1月24日，鲁迅作《蕗谷虹儿画选》小引。他认为，中国新文艺的流行，“有时那主权是简直大半操于外国书籍贩卖者之手的。来一批书，便给一点影响”。比如比亚兹莱（Beardsley）的画集一入中国，“那锋利的刺戟力，就激动了多年沉静的神经，于是有了许多表面的摹仿。但对于沉静，而又疲弱的神经，Beardsley的线究竟又太强烈了，这时适有蕗谷虹儿的版画运来中国，是用幽婉之笔，来调和了Beardsley的锋芒，这尤合中国现代青年的心，所以他的模仿就至今不绝”。

蕗谷虹儿擅少男少女插图，作品清丽动人。在鲁迅看来，蕗谷虹儿的版画笔调幽婉。《蕗谷虹儿画选》所选12幅作品，都很能代表蕗谷虹儿的特点，用画家自己的话说：“我的艺术，以纤细为生命，同时以解剖刀一般的锐利的锋芒为力量。”“我所引的描线，必需小蛇似的敏捷和白鱼似的锐敏。”

《蕗谷虹儿画选》封面与《近代木刻选集》（1）相似，封面所用木刻小品是一位女性的头像。

三、“有精力弥满的作家和观者，才会生出‘力’的艺术来”

——《近代木刻选集》(2)(1929年2月)

《艺苑朝华》第一期第三辑，内收欧美和日本版画12幅，朝花社1929年2月26日印成。封面设计与所用木刻小品与《近代木刻选集》(1) 完全相同。上海合记教育用品社发行，大16开本。印1500册，售价大洋4角。

1929年3月10日，鲁迅作《近代木刻选集》(2) 小引，介绍了西洋木版的材料及锯法。西洋用于刻精图者“大概是柘木”。锯法不同，所得的板片也就不同。“顺木纹直锯，如箱板或桌面板的是一种，将木纹横断，如砧板的又是一种。前一种较柔，雕刻之际，可以挥凿自如，但不宜于细密，倘细，是很容易碎裂的。后一种是木丝之端，攒聚起来的板片，所以坚，宜于刻细，这便是‘木口雕刻’。”

在箱板式的板片上所刻的，叫“木面雕刻”。横锯的板片所刻则叫“木口雕刻”(Wood-engraving)，相当于中国用细刻木制作的“绣梓”。

鲁迅推崇的“创作板画”没有粉本，是画家执了铁笔在木版上作画。《近代木刻选集》(2) 中收入的达格力秀的两幅、永濑义郎的一幅，便是其例，有美，有力。“有精力弥满的作家和观者，才会生出‘力’的艺术来。”这在颓唐、小巧的社会中是无法产生的。

四、“视为一个纯然的装饰艺术家，比亚兹莱是无匹的”

——《比亚兹莱画选》(1929年4月)

《艺苑朝华》第一期第四辑，内收比亚兹莱作品12幅，朝花社1929年4月26日印成。上海合记教育用品社发行，大16开本。印1500册，售价大洋4角。

比亚兹莱(1872—1898)，19世纪末英国最伟大的插画艺术家之一，也是近代艺术史上最闪亮的一颗流星，仅活了26岁。他的作品前卫、唯美、华丽，却怪诞颓废，线条简洁流畅，黑白色块对比强烈，为当时的新艺术运动带来极大冲击。

1929年4月20日，鲁迅作《〈比亚兹莱画选〉小引》，高度评价比亚兹莱及其作品：“生命虽然如此短促，却没有一个艺术家，作黑白画的艺术家，获得比他更为普遍的名誉；也没有一个艺术家影响现代艺术如他这样的广阔。”鲁迅认为比亚兹莱是19世纪90年代“独特的情调底唯一的表现者”。“视为一个纯然的装饰艺术家，比亚兹莱是无匹的。他把世上一切不一致的事物聚在一堆，以他自己的模型来使他们织成一致。”但他的装饰画在国内却未有诚实的介绍，因此，鲁迅就选印了12幅，“略供爱好比亚兹莱者看看他未经撕剥的遗容”。

封面与前三辑相似，所用木刻小品似为包裹在坚果壳中的花朵，极其抽象。

五、“当革命时，版画之用最广，虽极匆忙，顷刻能办”

——《新俄画选》(1930年5月)

《艺苑朝华》第一期第五辑，内收苏联绘画和木刻13幅，朝花社编印，1930年5月上海光华书局出版，大16开本。印1500册，售价大洋4角。

1930年2月25日，鲁迅作《新俄画选》“小引”，介绍了俄国美术的发展。他说，在俄国的“黑土”中，“陆续长育了文化的奇花和乔木，使西欧人士震惊，首先为文学和音乐，稍后是舞蹈，还有绘画”。十月革命时，因为革命的需要，有宣传、教化、装饰和普及功能的版画（木刻、石版、蚀铜版等）就非常发达，出现了以法孚尔斯基等为代表的木版作家。

在这一辑版画集中，鲁迅还说明了介绍版画的原因：“中国制版之术，至今未精，与其变相，不如且缓，一也；当革命时，版画之用最广，虽极匆忙，顷刻能办，二也。”《艺苑朝华》第一辑至第四辑都取黑白线图，“但竟为艺苑所弃，甚难继续，今复送第五集出世，恐怕已是晌午之际了”，但鲁迅仍愿有若干读者还能够从中得到裨益。

《新俄画选》封面与前四辑相似，印有“朝花社选定，上海光华书局发行”字样，所用木刻小品为花卉。

虽然对外国版画抱有极大的热情，但鲁迅对《艺苑朝华》的印刷质量不是很满意，“《艺苑朝华》印得不佳，从欧洲人看来，恐怕可笑。我想，还是另想法子，将来再看”（书信

290708致李霁野）。第五本出版时，鲁迅对出第六本已没有信心了：“《艺苑朝华》制板时，选择颇费苦心，但较之原画，仍远不及，现已出第五本，不知先生已见过否？我们每印千五百本，而售去只五百本，售去之款，又收不回来，第六本大约未必能出了。”（书信300802致方善境）

第六本果然再没有出版。由于柔石不懂经营，画集交由王方仁开教育用品社的哥哥印刷。教育用品社给朝花社供应的纸张，多是拍卖行里的次货，油墨也是廉价的，所印木刻图版质量不佳，加之民众接受程度有限，影响了销路。同时，教育用品社为朝花社代售书刊，还常常借故不付书款，朝花社经济上遭受极大损失，柔石只得用自己的一点稿费去抵债。鲁迅愤慨地说，“我这回总算大上了当”。最后他“以百廿元赔朝花社亏空”。1930年1月朝花社“社事告终”。

鲁迅对学习木刻之难及中国美术杂志之落后颇为感慨：“学习木刻，在中国简直无法可想。但西洋则有专授木刻术之学校。小学生也作木刻，为手工之一种也。”（书信300802致方善境）“中国至今竟没有一种较好的美术杂志，真要羞死人。”（书信350224致孟十还）

鲁迅在《“连环图画”辩护》一文中写道：“书籍的插画，原意是在装饰书籍，增加读者的兴趣的，但那力量，能补助文字之所不及，所以也是一种宣传画。”鲁迅引版画入封面，选印出版《艺苑朝华》，是将“美育”与“宣传”合而为一的启蒙尝试，其对现代美术的开荒披榛之功，怎么评价都不为过。

《艺苑朝花》开创了我国介绍国外进步木刻艺术的先河，成为中国新兴木刻运动的源头，其中的旗手便是鲁迅。

书面的图画是贩来的，“不知谁作，但记以志谢”

——《壁下译丛》（1929年4月）

《壁下译丛》，鲁迅1924年至1928年间所译文艺论文的结集，1929年4月上海北新书局出版，计收日本和俄国作家与评论家的论文25篇。首印4000册，售价大洋9角。版权页背面贴“鲁迅”蓝色章版权票一枚。

《壁下译丛》封面使用了一张现成的图画，有墙壁、窗户及飞鸟等，画面以直线为主，简洁，略抽象。印作绿色，左下角竖式排印鲁迅亲书的几行字：“鲁迅：/壁下译丛/上海北新书局印行/一九二九”。

这幅封面画，鲁迅在《壁下译丛》“小引”中有交代：“书面的图画，也如书中的文章一样，是从日本书《先驱艺术丛书》上贩来的，原也是书面，没有署名，不知谁作，但记以志谢。”

鲁迅的《壁下译丛》“小引”作于1929年4月20日：“这是一本杂集三四年来所译关于文艺论说的书，有为熟人催促，译以塞责的，有闲坐无事，自己译来消遣的。这回汇印成书，于

魯迅：
壁下譯叢
上海北新書局印行
一九二九.

内容也未加挑选，倘有曾在报章上登载而这里却没有的，那是因为自己失掉了稿子或印本。”鲁迅还说，书中的论文并非各时代的名作，因为翻译外国作品时受限制多，一方面新书极难得，见闻决不能广，另一方面时间不够，每天只能分割仅少的时光来阅读，同时，“自己常有避难就易之心，一遇工作繁重，译时费力，或豫料读者也大约要觉得艰深讨厌的，便放下了”。

《壁下译丛》收入的25篇文章，17篇在编集前曾分别发表于《莽原》周刊、《语丝》周刊、《莽原》半月刊、《小说月报》、《奔流》月刊、《大江月刊》、《国民新报》副刊等。10位作者除俄国的开培尔外，都是日本人，其中只有岛崎藤村、有岛武郎、武者小路实笃三位兼从创作。最后所收三分之一和新兴文艺有关，鲁迅就很爱片上伸教授主张的“坚实而热烈”。

鲁迅在《壁下译丛》“小引”中回应了“革命文学家”对他的围攻，称这本书仍旧是曾经“横横直直，发表过的”文章居大多数，“连自己看来，也说不出是怎样精采的书。但我是向来不想译世界上已有定评的杰作，附以不朽的，倘读者从这一本杂书中，于绍介文字得一点参考，于主张文字得一点领会，心愿就十分满足了”。

“必先使外国的新兴文学在中国脱离‘符咒’气味”

——《现代新兴文学的诸问题》（1929年4月）

《现代新兴文学的诸问题》，原题《无产阶级文学的诸问题》，日本文艺批评家片上伸著，鲁迅译，上海大江书铺1929年4月出版，为《文艺理论小丛书》之一。版权页贴大江书铺绿色版权票一枚，加盖鲁迅朱文章一枚。

《文艺理论小丛书》由陈望道主持，上海大江书铺出版，共有五种，第一种是《文学及艺术之技术的革命》，平林初之辅著，陈望道译。第二种便是《现代新兴文学的诸问题》。丛书书末附有广告，除列出五种书目及著译者姓名、售价，还有一句广告词：“看！短小精悍的文艺理论小丛书，破天荒地在我国文坛出现了！”在同属《文艺理论小丛书》的《文学之社会学的研究》卷末广告中，此书则题为《最近新文学之诸问题》；《三闲集》卷末附录的《鲁迅著译书目》中所载本书，题目作《无产阶级文学的理论与实际》。

《现代新兴文学的诸问题》封面由比较繁复的装饰图案组

成，主体部分由三种纹样构成一个方块置于封面正中，与最上端如帘幕般垂下的纹样形成呼应。封面文字自上而下分别是：“文艺理论小丛书”，大号字体，蓝灰色，装饰味浓；“现代新兴文学的诸问题”，大号字体，暗红色；“片上伸著”“鲁迅译”，小号字体，蓝灰色；“大江书铺”，小号字体，暗红色。同一行文字均自右向左旧式排列。

鲁迅对于持唯物史观的书一直很重视。1928年8月10日，他在《文学的阶级性》中说：“我对于唯物史观是门外汉，不能说什么。……我只希望有切实的人，肯译几部世界上已有定评的关于唯物史观的书——至少，是一部简单浅显的，两部精密的——还要一两本反对的著作。”随后他身体力行做了一些工作，1929年1月20日翻译了卢那察尔斯基《托尔斯泰之死与少年欧罗巴》，作为所译《文艺与批评》一书中的一篇。2月14日，译成片上伸《现代新兴文学的诸问题》。所谓“新兴文学”，亦即无产阶级文学。4月20日，所作《〈壁下译丛〉小引》有云："后面的三分之一总算和新兴文艺有关。"4月22日，"夜半译《艺术论》毕"(卢那察尔斯基所著)。10月12日，"夜译《艺术论》毕"(普列汉诺夫所著)。这些成果，显示了鲁迅在唯物史观理论引进与建设方面的努力。

1929年2月14日，鲁迅为《现代新兴文学的诸问题》作小引，称"作者在日本，是以研究北欧文学，负有盛名的人，而在这一类学者群中，主张也最为热烈"。这一篇的主旨，"不过愿于读者解释现今新兴文学'诸问题的性质和方向，以及和时代的交涉等，有一点裨助'"。

为什么要翻译这本书呢？"新潮之进中国，往往只有几个名词，主张者以为可以咒死敌人，敌对者也以为将被咒死，喧嚷一年半载，终于火灭烟消。如什么罗曼主义，自然主义，表现主义，未来主义……仿佛都已过去了，其实又何尝出现。现在借这一篇，看看理论和事实，知道势所必至，平平常常，空嚷力禁，两皆无用，必先使外国的新兴文学在中国脱离'符咒'气味，而跟着的中国文学才有新兴的希望——如此而已。"

鲁迅早就看出了外国的新兴文学在中国具有"符咒"气味，这是社会文化气氛所决定的，鲁迅就想通过平平常常的理论和事实，给中国新兴文学带来新的养分。

“仍只成一本诘屈枯涩的书”

——《艺术论》（1929年6月）

《艺术论》，卢那察尔斯基（Lunacharsky）关于艺术的论文专集，革命俄罗斯美术家协会汇编，鲁迅据日本昇曙梦译本重译，1929年6月大江书铺出版，为《艺术理论丛书》的第一种，内收论文五篇，又附录一篇。售价大洋6.5角。

卢那察尔斯基（1875—1933），苏联文艺评论家、美学家，十月革命后出任教育部长十多年，在苏联早期的文化和意识形态管理方面发挥了极其重要的作用。1930年任驻国际联盟代表，1933年去世，葬于红场。著有《艺术之社会基础》《艺术与马克思主义》《西欧文学史纲要》《浮士德与城》《解放了的堂吉诃德》等。

《艺术论》是比较抽象的理论书籍，鲁迅在设计封面时，便相应地采用了较为抽象的图案：封面中上部是一个圆形图案，像常用的统计对比图，由黄绿两种颜色组成，上半部为黄色，下半部为绿色，互相咬合，虚实相间，盈缺互见，右侧黄

绿相交处留有一个缺口。双线描的“艺术论”三个美术字体部分嵌入绿色块中。整个封面严谨有序，又不乏活泼气息。

1929年4月22日，鲁迅“夜半译《艺术论》毕”，并作小序一篇。“这一本小小的书，是从日本昇曙梦的译本重译出来的。”昇曙梦（1878—1958）是日本翻译家，俄国文学的研究者。鲁迅评价卢那察尔斯基是“革命者，也是艺术家，批评家”。6月30日，《艺术论》出版：“大江书店送来《艺术论》二十本，分赠知人大半。”

为何要选译这本书呢？“L的《艺术论》，是一九二六年，那边的艺术家协会编印的，其实不过是从《实证美学的基础》及《艺术与革命》中各取了几篇，并非新作，也不很有统系。我本想，只要译《实证美学之基础》就够了，但因为这书名，已足将读者吓退，所以选现在这一本。”（书信290407致韦素园）

由于理论枯燥，术语生僻，鲁迅依据的日译本，翻译者又少艺术素养，因此，在翻译《艺术论》的时候，鲁迅曾感到力不从心："原本既是压缩为精粹的书，所依据的又是生物学底社会学，其中涉及生物，生理，心理，物理，化学，哲学等，学问的范围殊为广大，至于美学和科学底社会主义，则更不俟言。凡这些，译者都并无素养，因此每多窒滞……费时颇久，而仍只成一本诘屈枯涩的书，至于错误，尤必不免。"

"每多窒滞""费时颇久""诘屈枯涩"，这种很不满意的感觉，遍览鲁迅一生著译活动，也并不多见。因此鲁迅也寄希望于后人，"倘有潜心研究者，解散原来句法，并将术语改浅，意译为近于解释，才好；或从原文翻译，那就更好了"。

版权页贴大江书铺印制的绿色版权票一枚，颇清雅，上钤"鲁迅"朱文章一枚。

鲁迅的版权票一般使用"鲁迅"白文章，文字为横排。这枚版权票为竖排朱文章，较为少见，录供参考。

“怕上海书店不肯用三色版”

——《文艺与批评》（1929 年 10 月）

《文艺与批评》，鲁迅编译的卢那察尔斯基的文艺评论集，共收论文六篇。其中《托尔斯泰之死与少年欧罗巴》曾发表于《春潮》月刊，《托尔斯泰与马克思》和《苏维埃国家与艺术》曾发表于《奔流》月刊，其他三篇未在报刊上发表。此书于1929年10月列为《科学的艺术论丛书》之六，由上海水沫书店出版。首印1500册，实价大洋9角，版权页贴“鲁迅”白文章版权票一枚。

《科学的艺术论丛书》封面均由钱君匋设计绘制。《文艺与批评》虽然是理论著作，但封面设计得非常活泼，甚至显得调皮，有着浓浓的民国风。封面上，“文艺与批评”五个红色美术大字自上端经左侧书口直抵下端，占去封面约一半面积，将著者、译者、年份及出版者等信息半包围在封面中间至右下部分。半包围结构中，自上而下横排：“LUNACHARSKY 著 / 鲁迅译 /1929/ 水沫书店版”，文字为黑色，但数字29处

文藝批評
LUNACHARSKY
著
魯迅訳
1929
水沫书店版

理成了红色，辨识度很高。

此书封面和扉页之间，印有一张彩色的卢那察尔斯基的半身像。关于这张彩插，鲁迅曾经交代：“在北平时，因怕上海书店不肯用三色版，所以未将Lunacharsky画像携来。到此后说起，他们说是愿意用的。所以可否仍请代借，挂号寄来，但须用硬纸板夹住，以免折皱。”（书信290611致李霁野）

由此可知，卢那察尔斯基的画像是鲁迅从北京借至上海，用三色版印刷的。鲁迅做事非常缜密，特意叮嘱李霁野挂号邮寄时要用硬纸板夹住，以免折皱。

1929年8月16日夜，“鲁迅于上海的风雨，啼哭，歌笑声中”，为《文艺与批评》写了一篇《译者附记》，介绍了书中六篇文章的内容和出处。其中说，“虽然不过是一些杂摘的花果枝柯，但或许也能够由此推见若干花果枝柯之所由发生的根柢。但我又想，要豁然贯通，是仍须致力于社会科学这大源泉的，因为千万言的论文，总不外乎深通学说，而且明白了全世界历来的艺术史之后，应环境之情势，回环曲折地演了出来的支流”。

鲁迅认为书中最要紧的是最后一篇《关于马克斯主义文艺批评之任务的提要》（1930年3月再版时，将题目中的“马克斯主义”五字改为“科学底”三字），“凡要略知新的批评者，都非细看不可。可惜译成一看，还是很艰涩，这在我的力量上，真是无可如何。原译文上也颇有错字，能知道的都已改正，此外则只能承袭，因为一人之力，察不出来”。

出版《文艺与批评》的水沫书店，是20世纪30年代上海进步青年创业的产物，由刘呐鸥、戴望舒、杜衡和施蛰存在租界合伙开办。书店陆续出版了冯雪峰、胡也频、柔石等进步作家的作品，但真正奠定其出版界地位的是策划出版《科学的艺术论丛书》。施蛰存回忆，冯雪峰在书店闲谈时说起鲁迅正编译卢那察尔斯基的《文艺与批评》，他们听说后便想请鲁迅主编一套介绍马克思主义文艺理论的丛书，托冯雪峰征求鲁迅意见。鲁迅答应参加几种译稿，但不出面做主编。其时，鲁迅购买了大量唯物史观和辩证法的书籍，正在寻求新的理论工具纠正进化论的偏颇，“我从别国里窃得火来，本意却在煮自己的肉”，所以，对这套丛书出力甚巨。他和冯雪峰共同拟定了12种书目，网罗了当时苏联最主要的马克思主义文艺理论家的著作，鲁迅自己担纲翻译包括卢那察尔斯基著《文艺与批评》在内的4种。1931年，因《科学的艺术论丛书》等“宣传赤化”遭到政治压迫，加之刘呐鸥自身经济状况不佳，书店资金链断裂，宣布停办。

中国制版术拙劣，制版者不负责任

——《小彼得》（1929 年 11 月）

《小彼得》，海尔密尼亚·至尔·妙伦（Hermynia von zur Mühlen）著童话集，原名《小彼得的朋友们讲的故事》，由六篇连贯的童话组成，许广平翻译，经鲁迅校改，上海春潮书局1929年11月出版，32开道林纸本。

原作者H. 至尔•妙伦，奥地利(奥匈)女作家，“作品很不少，致密的观察，坚实的文章，足够成为真正的社会主义作家之一人，而使她有世界底的名声者，则大概由于那独创底的童话云”。

《小彼得》封面由鲁迅设计：圆形图案中是一棵摇曳多姿的蒲公英，上部的书名“小彼得”是颇具童趣的美术字，很符合童话集的风格。书名与图案中间排印原作者和插图作者名：“匈牙利 ·H• 至尔·妙伦·著/德国·乔治·格罗斯·画”。封面下端排印“一九二九/春潮书局印行”字样。

插图作者乔治·格罗斯（George Grosz），为德国著名漫画家，鲁迅非常欣赏他的政治漫画。在1929年9月15日为《小彼得》所写译本序中，鲁迅专门做了介绍：“原译本有六幅乔

小彼得

匈牙利・H・至爾・妙倫・著
德國・喬治・格羅斯・畫

許霞譯

一九二九
春潮書局印行

治·格罗斯的插图，现在也加上了，但因为几经翻印，和中国制版术的拙劣，制版者的不负责任，已经几乎全失了原作的好处……格罗斯是德国人，原属踏踏［达达］主义（Dadaismus）者之一人，后来却转了左翼……欧洲大战时候，大家用毒瓦斯来打仗，他曾画了一幅讽刺画，给钉在十字架上的耶稣的嘴上，也蒙上一个避毒的嘴套，于是很受了一场罚，也是有名的事，至今还颇有些人记得的。”

《小彼得》本来是鲁迅推荐给许广平学习日文的书籍，用的是1927年东京晓星阁出版的日本林房雄的译本，许广平逐次学过，顺手译成中文，鲁迅校改。当时，张友松等三个青年组建了上海春潮书局，这个小出版社实力有限，为提携后学，鲁迅专门将柔石的中篇小说《二月》与许广平翻译的《小彼得》交给他们出版，并作序言。《二月》的装帧由陶元庆设计，《小彼得》封面则由鲁迅亲自操刀。他甚至自掏腰包垫付了两本书的纸钱。

1929年11月，《小彼得》问世，这是许广平的第一本书。初版本封面译者署名“许霞”。1939年上海联华书局再版时，封面署“广平译”，版权页也标明“翻译人：许广平”，扉页却写“许遐译”。1940年译文出版社《煤的故事》则把“许遐”作为译者名印上了封面和书脊，扉页与版权页的译者则署名“许广平”。

其实，许霞是许广平的笔名，许遐是鲁迅的笔名，二者是有区别的。但为何会出现“许霞”和“许遐”并用的现象呢？这恰好证明了鲁迅与许广平的相濡以沫。许广平在《青年人与鲁迅》一文中说：“《小彼得》那本书，原来是他拿来教我学日文的，每天学过就叫我试试翻译。意思是懂了，就总是翻不妥当，改而又改，因为还是他的心血多，已经是他的译品了。在试译的时候，他也说：‘开手就让你翻译童话，却很有些不相宜的地方。’而且这小小的一部书，如果懂得原文的拿来比较一下，就晓得他是怎样地费了力气，他一面译一面老是说：‘唉，这本书实在不容易翻。’也可以见得：就是这样小小的一本童话，他也一样的认真，绝没有骗骗孩子的心思。”

许广平觉得鲁迅对《小彼得》译文修改甚多，所以将其视作鲁迅译作，鲁迅去世后，她就把这本书编入1938年版《鲁迅全集》。但鲁迅的初衷并非如此，1929年初版封面署“许霞译”，即表明了他的态度。1932年4月鲁迅自编《鲁迅译著书目》时，又明确地将《小彼得》划到自己的译著之外，与柔石译《浮士德与城》、梅川译《红笑》、韦丛芜译《穷人》等同列“所校订者”，并注曰：“《小彼得》(匈牙利H•至尔•妙伦作童话，许霞译。朝华社印行，今绝版。)”(刘波《许遐与许霞的故事》，《门外说书：一个藏书人眼里的鲁迅》，2018。)所以鲁迅一直把《小彼得》当作许广平的第一部书对待。

鲁迅翻译的四本外国童话作品生前多次重印，《爱罗先珂童话集》发行了九版，《桃色的云》发行了六版，《小约翰》与《表》分别发行了四版，而署名“许霞”的《小彼得》只发行了一版。这一方面与当局的禁令有关，正如鲁迅所说“因为至尔·妙伦所作的童话的译本也已被禁止，所以只好竭力称赞春天”(《黑暗中国的文艺界的现状》)；另一方面也因为它不是鲁迅的译作，读者并不熟悉和接受。

即便如此，《小彼得》仍弥足珍贵，它见证了鲁迅与许广平的师生情、爱情与亲情。

封面图的母本是凡·高的《播种者》

——《近代美术史潮论》（1929 年）

《近代美术史潮论》，日本板垣鹰穗著，鲁迅译。该书介绍了欧洲近代美术发展的历史，内有插图140幅。北新书局1929年出版。

《近代美术史潮论》的初版中译本分为精装布面与平装毛边两种装帧，平装实价大洋2.8角，版权页贴一张“鲁迅”白文章版权票。

鲁迅设计的封面由较多的文字和一幅版画组成。文字内容由右向左分行排列，自上而下分别是：

> 以民族底色彩为主的／近代美术史潮论／日本板垣鹰穗著／鲁迅译/1929年·上海北新书局重校印行

封面上使用的版画，上海鲁迅纪念馆1981年所编《鲁迅与书籍装帧》一书认为是米勒的《播种者》，学界均从此说。但

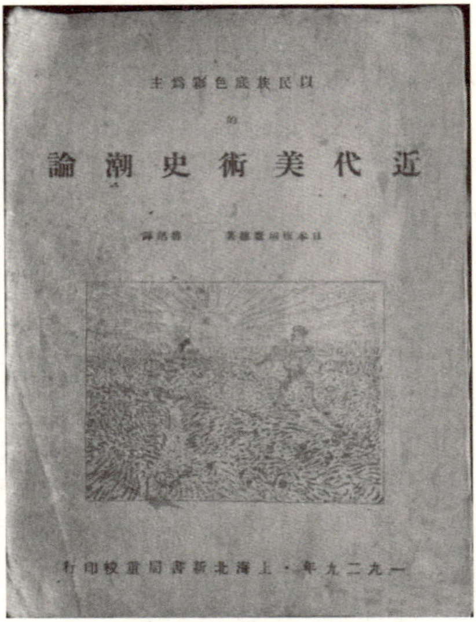
以民族底色彩為主
的
近代美術史潮論
日本板垣鷹穗著 魯迅譯
一九二九年・上海北新書局重校印行

据徐政先生从构图元素、人物造型、笔触细节以及工具材料等方面分析，考证出该图的图像母本实为1888年7月18日凡·高以芦苇笔蘸墨所绘的《播种者》纸本素描稿。凡·高本人很崇拜米勒，大量模仿米勒画作并在此基础上重新创作，《播种者》中的人物，正是如此。凡·高将米勒原作中的近景改为中景，极大地扩展了田野的面积，并将原来的竖幅画面扩充为横幅画面，这一点，恰恰与中译本封面相契合。另外，画面中尺寸较大的太阳、充满天空的光芒、具有透视感的田野和小路、地平线左侧的平房，以及行走的戴帽者，都符合凡·高《播种者》中的元素。该素描稿的印刷品图像最早出现于1893年法文版凡·高通信集，后通信集于1904年译成德文再版。鲁迅正是于1912年8月16日邮购到该通信集，从而获得《近代美术史潮论》的图像来源。（徐政《鲁迅所译〈近代美术史潮论〉封面配图再考》，《艺术设计研究》2018年04期）

对这一图像来源的探讨，有助于理解鲁迅书籍装帧理念。笔者对徐政先生的这一研究成果深表服膺。

出版《近代美术史潮论》的缘起和过程如下：1927年10月，鲁迅从广州来到上海。其时，北新书局在北京遭遇两次查封后，也将总店迁到上海。12月6日，鲁迅给北新书局的老板李小峰写了一封重要的信，主要内容是：

> 我对于一切非美术杂志的陵［凌］乱的插画，一向颇以为奇，因为我猜不出是什么意义。近来看看《北新》半月刊的插

画，也不免作此想。

昨天偶然看见一本日本板垣鹰穗做的，以“民族底色彩”为主的《近代美术史潮论》，从法国革命后直讲到现在，是一种新的试验，简单明了，殊可观。我以为中国正须有这一类的书，应该介绍。但书中的图画，就有一百三四十幅，在现今读者寥寥的出版界，纵使译出，恐怕也没一个书店敢于出版的罢。

我因此想到《北新》。如果每期全用这书中所选的图画两三张，再附译文十叶［页］上下，则不到两年，可以全部完结。论文和插画相联络，没有一点白费的东西。读者也因此得到有统系的知识，不是比随便的装饰和赏玩好得多么？

为一部关于美术的书，要这么年深月久地来干，原是可叹可怜的事，但在我们这文明国里，实在也别无善法。不知道《北新》能够这么办否？倘可以，我就来译论文。

鲁迅的计划得到了李小峰的赞同，鲁迅于是动手译书，并于1928年2月11日“夜译《近代美术史潮论》初稿讫”。《北新》半月刊从1928年1月1日出版的第二卷第五期起，开始连载这本书的译文和插画，译文于同年10月1日第三卷第五期载毕，插画则于第三卷第六期登完。接着，北新书局又于1929年出版了单行本。

《近代美术史潮论》是鲁迅首次系统译介西方美术史。不论是杂志还是单行本，都由北新书局出版，因此，同一制版可以使用两次，减少了一笔制版费，节省了出版成本。1929年2

月25日，鲁迅还在《北新》上登了一则通信：《致〈近代美术史潮论〉的读者诸君》，说他本是绘画的外行，但看见李小峰在搜罗《北新》月刊的插画，于是想，“在新艺术毫无根柢的国度里，零星的介绍，是毫无益处的，最好是有一些统系。其时适值这《近代美术史潮论》出版了，插画很多，又大抵是选出的代表之作。我便主张用这做插画，自译史论，算作图画的说明，使读者可以得一点头绪”。

计划完成后，鲁迅在北新书局所办的《北新》上发表致读者信，居然毫不掩饰对印刷出版的不满，说他很是失望：“人事是互相关连［联］的，正如译文之不行一样，在中国，校对，制图，都不能令人满意。例如图画罢，将中国版和日本版，日本版和英德诸国版一比较，便立刻知道一国不如一国。”“书籍既少，印刷又拙，在这样的环境里，要领略艺术的美妙，我觉得是万难做到的。”

抱怨印刷出版质量之余，鲁迅甚至在致读者信中，教他们拆订成书的方法：“倘读者一时得不到好书，还要保存这小本子，那么，只要将译文拆出，照‘插画目次’所指定的页数，插入图画去……订起来，也就成为一本书籍了。”

对鲁迅关于印刷出版的抱怨，甚至有可能影响他们生意的说辞，北新书局和李小峰毫不计较，原样刊了出来。是即是，非即非，北新书局还是很有雅量的。

“印成书籍模样，想延续他多少时候的生存”

——《文艺政策》（1930 年 6 月）

《文艺政策》，即《苏俄的文艺政策》，鲁迅据藏原惟人和外村史郎的日译本重译。上海水沫书店列为《科学的艺术论丛书》之十三，于1930年6月出版。初版本印1500册，实价8角，版权页贴“鲁迅”蓝色章版权票一枚。

《文艺政策》收入1924年至1925年间俄共（布）中央《关于对文艺的党的政策》《关于文艺领域上的党的政策》两个文件和全俄无产阶级作家协会第一次大会的决议《观念形态战线和文学》，卷首有藏原惟人的序言，卷末又附录日本冈泽秀虎所作《以理论为中心的俄国无产阶级文学发达史》(冯雪峰译)。

《文艺政策》和此前的1929年10月出版的《文艺与批评》(卢那察尔斯基著）均为《科学的艺术论丛书》之一，由上海水沫书店出版，封面由钱君匋设计。此书封面上，“文艺政策”四个美术大字排列在封面左上，为红色；“藏原·外村辑 / 鲁迅译 /1930/ 水沫书店版”等著者、译者、年份及出

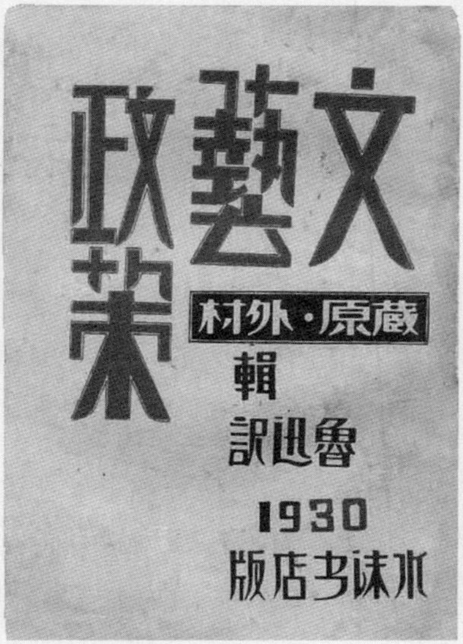
文藝政策
藏原·外村
輯
魯迅訳
1930
水沫书店版

版者信息排列在封面右下，为黑色，但数字30和《文艺与批评》中的29一样，也处理成了红色。左上部分书名字号大，右下部分的著译等内容字号小，两者各占一半面积。整个封面开阔大气，民国风浓。

1930年3月鲁迅发表《“硬译”与“文学的阶级性”》一文，坦述开手翻译《文艺政策》的出发点：“……我从别国里窃得火来，本意却在煮自己的肉的，以为倘能味道较好，庶几在咬嚼者那一面也得到较多的好处，我也较不枉费了身躯……我也愿意于社会上有些用处，看客所见的结果仍是火和光。这样，首先开手的就是《文艺政策》，因为其中含有各派的议论。”

1930年4月12日夜，鲁迅作《文艺政策》后记，解释翻译这些理论的原因：“……在劳动阶级文学的大本营的俄国的文学的理论和实际，于现在的中国，恐怕是不为无益的。”“因为至今还没有更新的译本出现，所以我仍然整理旧稿，印成书籍模样，想延续他多少时候的生存。”

《文艺政策》出版后，立刻受到梁实秋的批评。梁实秋在《所谓“文艺政策”者》一文中说：“今年六月鲁迅先生‘硬译’的文艺政策‘印成书籍模样’了。我读过之后，有两点感想：第一，鲁迅先生的译文还是‘晦涩，甚而至于难解之处也真多’；第二，举我所能了解的来说，文艺政策根本上是一种无益而又不必要的东西。”

现代文学论争史上，鲁迅和梁实秋的论战旷日持久，以1930年为中心，长达8年，产生了40多万言100多篇文字，内容涉及教育、文学、翻译、批评、政论等诸多方面，包含人性、阶级性、普罗文学、翻译理念、文艺政策等诸多论题。这场大论争高潮迭起，基调是严肃的，但也不乏恶骂甚至人身攻击。鲁梁论争的最后结局是，鲁迅为梁实秋贴上了充满阶级斗争火药味的“丧家的”“资本家的乏走狗”标签，在论战的过程中，鲁迅与梁实秋相互的感情事实上都受到了伤害。

“只得仍来做这一番很近徒劳的工夫”

——《艺术论》（1930 年 7 月）

鲁迅一生共翻译了两本《艺术论》，第一本是“卢本”，即卢那察尔斯基的《艺术论》，1929年4月上海大江书铺出版。第二本是“普本”，即普列汉诺夫（蒲力汗诺夫）著《艺术论》。

普列汉诺夫著《艺术论》包括四篇论文：《论艺术》《原始民族的艺术》《再论原始民族的艺术》《论文集〈二十年间〉第三版序》。1930年7月上海光华书局出版，为《科学的艺术论丛书》之一。初版本印2000册，实价7.5角。封面和扉页之间印有普列汉诺夫彩色像。

普列汉诺夫（1856—1918），俄国社会民主工党总委员会主席，俄国马克思主义政党的创始人和领袖之一，是最早在俄国和欧洲传播马克思主义的思想家，俄国和国际工人运动著名活动家。恩格斯十分赏识普列汉诺夫的才华和理论能力，给普列汉诺夫以极高的评价：“我知道只有两个人懂得和掌握了马克思主义，这两个人就是：梅林和普列汉诺夫。”

与《科学的艺术论丛书》的其他著作一样，《艺术论》封面仍由钱君匋设计绘制。封面上端，“艺术论”三个红色美术大字占据了封面三分之一的面积，封面左侧靠近书口位置排印了“附二十年间的序文”字样。著者、译者、年份及出版者等信息排印在封面中线以下的右半部，自上而下横排：“PLEKHANOV著 / 鲁迅译 /1930/ 光华书局版”，文字为黑色，数字30仍旧处理成红色。

1930年5月8日夜，鲁迅校完《艺术论》后，作《译本序》，介绍了普列汉诺夫的生平，称普列汉诺夫“不但本身成了伟大的思想家，并且也作了俄国的马克斯主义者的先驱和觉醒了的劳动者的教师和指导者了”。“在俄国的马克斯主义建设者蒲力汗诺夫，决不仅是马克斯和恩格斯的经济学，历史学，以及哲学的单单的媒介者。他涉及这些全领域，贡献了出色的独自的劳作。”同时还介绍了书中所收各篇文章的主要内容和观点，称“蒲力汗诺夫也给马克斯主义艺术理论放下了基础。他的艺术论虽然还未能俨然成一个体系，但所遗留的含有方法和成果的著作，却不只作为后人研究的对象，也不愧称为建立马克斯主义艺术理论，社会学底美学的古典底文献的了”。

鲁迅介绍，这本书所依据的本子，是日本外村史郎的译本。此书之前已有林柏先生的译本，本来可以不必再译，但因为《科学的艺术论丛书》的目录早经决定，“只得仍来做这一番很近徒劳的工夫”。鲁迅翻译时也常常参考林译，采用了一些比日译本更好的名词。同时，鲁迅自省译文，认为他还是属于“硬译”，“能力只此，仍须读者伸指来寻线索，如读地图：这实在是非常抱歉的”。

将中国传统书籍装帧形式用于西洋画册

——《梅斐尔德木刻士敏土之图》（1931 年 2 月）

《梅斐尔德木刻士敏土之图》，凯尔·梅斐尔德（Carl Meffert，1903—1988）为小说《士敏土》(Zement) 所作的插图，共10幅，鲁迅以三闲书屋名义自费出版。

此处有必要首先介绍“三闲书屋”。

1931年，针对国民党当局的文化专制主义，鲁迅从生活费中拿出1000元作资本，创办了三闲书屋，地址在上海施高塔路（今山阴路）大陆新村鲁迅的寓所。鲁迅以此名义自费出版进步文艺作品，书上印有“三闲书屋印造”字样。书屋创办之初，鲁迅亲自写广告云:“敝书屋因为对于现在出版界的堕落和滑头，有些不满足，所以仗了三个有闲，一千资本，来认真介绍诚实的译作，有益的画本，货真价实，童叟无欺。宁可折本关门，决不偷工减料……”

在近现代出版史上，书屋、书局的存在是个很有意思的文化现象。当年书屋、书局的内涵并不像现在这样狭窄，而是集

书店、出版社、报馆、印刷厂于一体。通常来说，小一点的称书店、书屋，大一些的称书局，界限并非很严格，开办的手续似乎也颇简便。

为何取名叫“三闲书屋”呢？这和革命文学阵营内部的论争有关。1927年，创造社成仿吾指责鲁迅的《小说旧闻钞》以趣味为中心，“它所暗示着的是一种在小天地中自己骗自己的自足，它所矜持着的是闲暇，闲暇，第三个闲暇”。鲁迅除了将自己的一本杂文集命名为《三闲集》影射成仿吾，还将1931年创办的书屋命名为“三闲书屋”。

“三闲书屋”所出图书精美绝伦，从编辑、翻译、校对、装帧设计，到与印刷厂和书店联系印刷、代售业务，都由鲁迅和夫人许广平亲自来做。鲁迅对现代出版事业的贡献，从经营三闲书屋即可看出。中国现代文学20世纪30年代最有文化、文学和版本价值的图书，几乎就是包括三闲书屋在内的为数不多的几家出版机构所创造的。

三闲书屋出版的书籍，依时间顺序分别是：

《梅菲尔德木刻士敏土之图》，1931年2月出版，售价大洋2元；

法捷耶夫长篇小说《毁灭》，鲁迅译，道林纸精印，1931年11月出版，售价大洋1.2元；

绥拉菲摩维支长篇小说《铁流》，曹靖华译，鲁迅作编校后记，1931年12月出版，道林纸精印，售价大洋1.4元；

《引玉集》，苏联木刻画集，1934年3月出版，原拓精印，售价1.5元；

《死魂灵一百图》（俄国画家阿赓为果戈理《死魂灵》所作插图），1936年4月出版，分平装精装两种，平装售价1.2元，精装售价2.4元；

《凯绥·珂勒惠支版画选集》，1936年5月出版，售价3.2元。

鲁迅逝世后，许广平继续以三闲书屋名义印行鲁迅的著作，计有：《且介亭杂文》(1936)、《且介亭杂文二集》(1937)、《且介亭杂文末编》(1937)、《鲁迅书简》(1937影印本)等。

三闲书屋为鲁迅个人投资的一家出版机构，它在20世纪30年代的存在，具有不可忽视的巨大的文化价值，几乎可以视作鲁迅生命的一部分。后世之人，任何时候谈起，都心向往之。

《士敏土》现译《水泥》，苏联作家革拉特珂夫（1883—

1958）反映苏联国民经济恢复时期斗争生活的长篇小说。“士敏土”用的是广东的译音，上海通称“水门汀”，先前也曾谓之“三合土”。《士敏土》以一个遭到严重破坏的水泥工厂重新恢复生产的故事为中心，多方面反映了苏联国内战争结束后，苏维埃政权建立初期的社会生活和人们的精神道德面貌。这部小说题材重要，内容丰富，艺术上也有一定特色，高尔基曾写信给作者说：“这本书在革命时期第一次牢牢抓住并辉煌地写出了现代生活中最有意义的主题——劳动。”

正是由于小说《士敏土》的影响力，德国年轻的进步版画家梅菲尔德特意为《士敏土》作了10幅插图。1930年9月，徐诗荃从德国代鲁迅买到了这10幅版画。9月12日鲁迅日记：“收诗荃所寄Carl Meffert作《Zement》木刻插画十枚，直一百五十马克，上海税关取税六元三角。又《海兑培克日报》两卷。”可见，鲁迅是以150马克的价钱买到10枚梅菲尔德木刻的。12月，鲁迅自己出资，以三闲书屋的名义，委托商务印书馆用珂罗版印制了《梅斐尔德木刻士敏土之图》250册。

1931年2月2日，“是日印《梅斐尔德木刻士敏土之图》二百五十部成，中国宣纸玻璃版，计泉百九十一元二角”。可知鲁迅自费印制《士敏土之图》共花去191.2元。

本书8开，中式传统线装，蓝色桑皮纸封面，白色签条，加黑框，上印仿宋体美术字书名，宣纸珂罗版印刷，共10幅木刻。扉页上题曰：

F. GLADKOV

小说士敏土之图

德：CARL MEFFERT 作

木刻十幅

三闲书屋用原版印本影造二百五十部之一

1930

鲁迅将中国传统书籍装帧形式用于西洋画册，古朴大气，别有意趣。因这本书只印造了250部，所以被认为是“私人精印本，在罕见书之列”。印量少，或与珂罗版印数受限制相关；另一方面，鲁迅在装帧设计上极其用力，也是为了给青年艺徒以艺术修养的陶冶。

1930年9月27日，鲁迅作《梅斐尔德木刻士敏土之图》序言，称小说《士敏土》为革拉特珂夫所作的名篇，也是“新俄文学的永久的碑碣”。他评价这10幅木刻，“即表现着工业的从寂灭中而复兴。由散漫而有组织，因组织而得恢复，自恢复而至盛大。也可以略见人类心理的顺遂的变形，但作者似乎不很顾及两种社会底要素之在相克的斗争——意识的纠葛的形象。我想，这恐怕是因为写实底地显示心境，绘画本难于文章，而刻者生长德国，所历的环境也和作者不同的缘故罢”。

鲁迅对梅斐尔德的事情知道得极少，仅听说他在德国是一个最革命的画家，当年才27岁，而消磨在牢狱里的光阴倒有8年。“他最爱刻印含有革命底内容的版画的连作，我所见过的有《汉堡》《抚育的门徒》和《你的姊妹》，但都还隐约可以看见悲悯的心情，惟这《士敏土》之图，则因为背景不同，却很示人以粗豪和组织的力量。”

这部版画集出版后，鲁迅在《三闲书屋校印书籍》的广告中说：“德国有名的青年木刻家凯尔·梅菲尔德曾作图画十幅，气象雄伟，旧艺术家无人可以比方。”随后，又在《三闲书屋印行文艺书籍》的广告中称这10幅版画“黑白相映，栩栩如生，而且简朴雄劲，决非描头画角的美术家所能望其项背”。

但《梅斐尔德木刻士敏土之图》的销售并不佳。“这里对于左翼文艺，是压迫无所不至，然而别的文艺，却全然空洞无物，所以出版界非常寂寥。我于去年冬天，印了十张《水门汀》的插画，但至今为中国青年所买者，还不到二十本。”（书信310613致曹靖华）四个月只卖掉20本，确实有点寒碜。“我前印《士敏土之图》，原是供给中国的，不料买者寥寥，大半倒在西洋人日本人手里。”（书信331111致郑振铎）

相比较而言，日本人对好的出版物更加识货，也更舍得购藏，无怪乎现在要淘到新文学珍品，就不能不紧盯日本旧书市场。

“实在是新文学中的一个大炬火”

——《毁灭》（1931 年 9 月）

《毁灭》，苏联法捷耶夫著，著名的军事题材长篇小说，鲁迅1930年由日译本转译，于1931年9月由上海大江书铺初版，译者署名“隋洛文”，32开毛边本。在印行单行本之前，其第一部及第二部曾以《溃灭》为题，发表于《萌芽》月刊第一期至第五期及《新地》月刊第一本。

《毁灭》描写的是1919年夏秋之间苏联内战时一支游击队的命运：莱奋生的部队受到白军的追击，一面奋不顾身地战斗，一面突破敌人的包围，充满了悲壮的理想主义色彩。鲁迅说它“所写的农民矿工以及知识阶级，皆栩栩如生，且多格言，汲之不尽，实在是新文学中的一个大炬火”。

鲁迅很是钟爱《毁灭》，“《溃灭》我有英德日三种译本，英译本我疑是从德译本重译的，虽然书上并未说明。德文本也叫《十九个》，连包纸上的画都一样”（书信300609致李霁野）。三种译本中，日译本是藏原惟人翻译的，即鲁迅所依之母本。

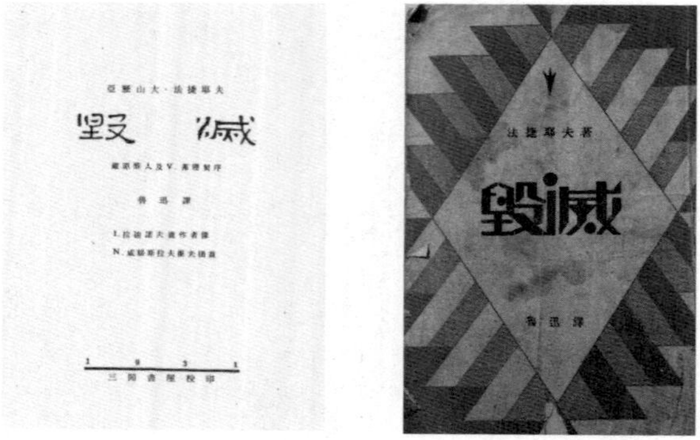

《毁灭》书影（左为1931年版，右为1939年版）

1930年底，鲁迅把译稿交给上海神州国光社，拟列入《现代文艺丛书》之一种出版。但其时国民党浙江省党部呈请国民党中央通缉“堕落文人”鲁迅，鲁迅为此四处躲避，神州国光社也不敢承印该书。鲁迅只好找到大江书铺，商定删去序跋，书名由《溃灭》改为《毁灭》，译者名改为“隋洛文”。这一名字由“堕落文人”而来，既是自嘲，也暗含着对国民党当局的嘲讽。

大江书铺初版本《毁灭》由鲁迅设计封面，但这一版本目前已难得一见，笔者多方搜寻，也缘悭一面。资料载，1939年6月鲁迅全集出版社出版的“鲁迅全集单行本”《毁灭》，封面源于大江书铺版，内容多源于三闲书屋版。既如此，初版本《毁灭》封面应由红白相间的几何色块组成，美术字“毁灭”二字排列在一个菱形框中。

鲁迅不甘心《毁灭》不完整地出版，创办三闲书屋后，又以此名义自费印行《毁灭》。据鲁迅日记和书信，其出版过程是：1931年5月13日，“夜重复整理译本《毁灭》讫”。9月15日，“夜校《毁灭》讫”。10月26日，“《毁灭》制本成”。次日，鲁迅致信曹靖华：“《毁灭》则正要开印，除加上原本所有之插画外，亦有三色版作者像一张，但出版也要在十一月。此书是某书局（指大江书铺）印的，他们怕用我的名字，换了一个，又删去序跋，但我自印了五百部（用他们的版），有序跋，不改名的，寄上时当用这一种。”

1931年11月23日《文艺新闻》第37号刊出了上海三闲书屋的出版预告：“《毁灭》为法捷耶夫所作之名著，鲁迅译，除本文外，并有作者自传，藏原惟人和弗理契序文，译者跋语，及插图六幅，三色版作者画像一幅。售价一元二角，准于十一月卅日出版。”

“出版预告”中还非常细致周到地说明了邮购事宜，涉及挂号邮寄费、特价券等，是一则珍贵的民国出版史料：

> 外埠读者购买以上二书，每种均外加邮寄挂号费各一角。无法汇款者，得以邮票代价，并不打扣，但请寄一角以下的邮票来。
>
> 特价券以上二书曾各特印“特价券”四百枚，系为没有钱的读者起见，并无营业的推销作用在内，因此希望此种券尽为没有钱的读者所得。《毁灭》特价六角，《铁流》八角，外埠每种外加邮寄挂号费各一角，同时购二种者共一角五分。
>
> 代售处上海北四川路底内山书店

上海四马路五一二号文艺新闻社代理部（此二代售处，特价券均发生效力。）

1931年11月，《毁灭》由三闲书屋如期出版。和大江书铺版相比，这一版本加上了序跋，恢复了译者“鲁迅”的名字，打上了“三闲书屋校印”字样。书前插法捷耶夫画像一张，原书的六幅插图也一并印出，插入相应页面，以较完整的面目示人。共印500部。

鲁迅为《毁灭》撰写的另一则广告词是：

《毁灭》作者法捷耶夫，是早有定评的小说作家，本书曾经鲁迅从日文本译出，登载月刊，读者赞为佳作。可惜月刊中途停印，书亦不完。现又参照德英两种译本，译成全书，并将上半改正，添译藏原惟人，弗理契序文，附以原书插画六幅，三色版印作者画像一张，亦可由此略窥新的艺术。不但所写的农民矿工以及知识阶级，皆栩栩如生，且多格言，汲之不尽，实在是新文学中的一个大炬火。全书三百十余页，实价大洋一元二角。

三闲书屋版《毁灭》的封面上，除手书“毁灭”二字外，还尽可能全面地排印了其他信息，分别是：

亚历山大·法捷耶夫（原著者）、藏原惟人及V.弗里契序、鲁迅译、I.拉迪诺夫画作者像、N.威绥斯拉夫崔夫插画、

1931、三闲书屋校印。

特别有趣的是，三闲书屋版封面把年号“1931”排列在一条有如标尺的横线上方，数字之间间距相同，仿佛在计算着历史，显得厚重深刻，鲁迅复杂广大的内心世界也在这里得以记录。

三闲书屋版《毁灭》出版后，瞿秋白给鲁迅写信，高度评价了该书，他说：“看着这本《毁灭》简直非常激动，我爱它，像爱自己的儿女一样。”鲁迅给瞿秋白复信说，他爱《毁灭》，“就像亲生的儿子一般”。

“版式可照《热风》，以一年为一份，连续排印”

——《三闲集》（1932年9月）

《三闲集》，鲁迅的第六本杂文集，上海北新书局1932年9月初版，作者生前共印行四版次。

此书收鲁迅1927年至1929年所作杂文34篇，附作于1932年的《鲁迅译著书目》1篇。这些杂文，半数以上发表于《语丝》，其余载于《萌芽》《莽原》等刊物。

1927年，创造社、太阳社和鲁迅之间有过一次以革命文学问题为中心的论争，成仿吾在《完成我们的文学革命》一文中说鲁迅“坐在华盖之下正在抄他的小说旧闻”，是一种“以趣味为中心的文艺”，“这种以趣味为中心的生活基调，它所暗示着的是一种在小天地中自己骗自己的自足，它所矜持着的是闲暇，闲暇，第三个闲暇”。除了将创办的书屋命名为“三闲书屋”，鲁迅于1932年出版杂文集时，还借力打力，将其命名为《三闲集》。在写于4月24日夜的序言中，鲁迅说：“我将编《中国小说史略》时所集的材料，印为《小说旧闻钞》，以省青年

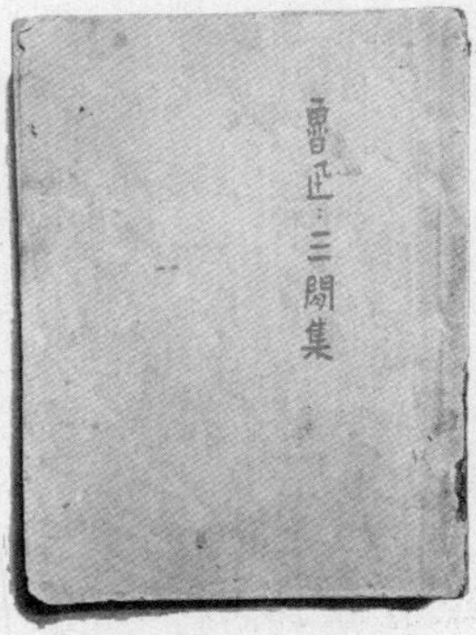

的检查之力，而成仿吾以无产阶级之名，指为‘有闲’，而且‘有闲’还至于有三个，却是至今还不能完全忘却的。我以为无产阶级是不会有这样锻炼周纳法的，他们没有学过‘刀笔’。编成而名之曰《三闲集》，尚以射仿吾也。”也是革命文学阵营内部论争的一种反映。当然，在这一论争中，鲁迅也确认，创造社“救正”了自己“只信进化论的偏颇”。

和《二心集》一样，《三闲集》的封面几乎未加设计，只在封面右侧中间略上位置排列了“鲁迅：三闲集”五个字，有点急就章的意思。这几个字古雅厚重，雍容宽博，把鲁迅早年抄写古碑的功底表现得淋漓尽致，体现了鲁迅极高的书法造诣。整个封面朴素古雅，但大音希声，别具匠心，很有生气。

《三闲集》的出版动议于1932年4月，鲁迅在当年4月13日写给李小峰的信中说：“回寓之后，曾将杂感集稿子着手搜集……此六年中，杂文并不多，然拟分为两集，前半北新可印，后半恐不妥，故拟付小书店去印，不知兄以为何如？”前半指《三闲集》，后半指《二心集》。“不妥”的原因是《二心集》中有批评李小峰妹夫赵景深的几篇文章。

鲁迅在编这本杂感的时候说：“‘杂感’之于我，有些人固然看作‘死症’，我自己确也因此很吃过一点苦，但编集是还想编集的……一月二十八日之夜，上海打起仗来了，越打越凶，终于使我们只好单身出走，书报留在火线下……殊不料三月底重回旧寓，书报却丝毫也没有损，于是就东翻西觅，开手编辑起来了，好像大病新愈的人，偏比平时更要照照自己的瘦削的脸，摩摩枯皱的皮肤似的。”鲁迅话里话外对自己的杂感还是十分看重，因为其时的文坛，“短短的批评，纵意而谈，就是所谓‘杂感’者，却确乎很少见”。

1932年4月12日，鲁迅编完杂感：“杂感上集已编成，为一九二七至二九年之作，约五六万字，名《三闲集》，希由店友便中来取，草目附呈。其下集尚须等十来天，名《二心集》。”“版式可照《热风》，以一年为一份，连续排印，不必每篇另起一版。每行字数，为节省纸张起见，卅六字亦可；为抵制翻版计，另印一种报纸廉价版亦可，后两事我毫无成见。”可知为了抵制盗版，鲁迅当时还提议另印一种报纸廉价版。是否印过，待考。

对于这本杂感集，鲁迅自己的评价是“平淡无奇的东西”（书信321002致增田涉）。这是自谦的话。

一夜编成，600元出售版权

——《二心集》（1932年10月）

《二心集》，鲁迅的第七本杂文集，1932年10月上海合众书店初版，收入作者1930年至1931年所作杂文37篇，末附《现代电影与有产阶级》译文一篇。这期间国民党政府对红军进行军事“围剿”，同时也加紧了文学“围剿”。1930年春，鲁迅参加了中国左翼作家联盟，为此遭到国民党当局的通缉。1931年2月7日，“左联”五位青年作家被反动派杀害于上海龙华，鲁迅被迫在花园庄旅馆避居，《二心集》正是这段历史的记录，鲁迅说，（1930年）“组织左联，此后我写的东西都在《二心集》中”。

《二心集》是鲁迅唯一出售版权的杂文集，售价为600元。

“二心集”的名称也与鲁迅的战斗环境有关。1930年5月7日，《民国日报》刊载了《文坛上的贰臣传》一文，署名“男儿”，文中描绘了鲁迅既受反动文人的攻击，又受“左联”内部宗派主义者指责的处境，讽刺鲁迅为“贰臣”。对此，鲁迅

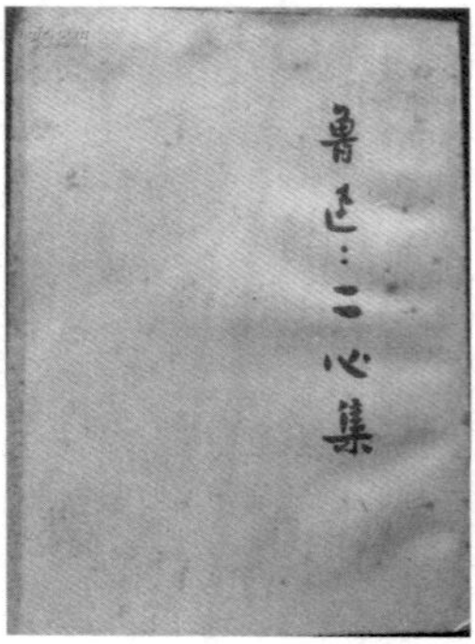

回击道："御用文学家给我这徽号，也可见他们的'文坛'是有皇帝的。"还宣告"唯新兴的无产者才有将来"。到了出杂文集时，鲁迅干脆用"二心"作为集名，既是自嘲，也是反其意而用之，表示坚决不与御用文学家同心。在《二心集》序言中，鲁迅说："有些报纸，还拾了先前的创造社派的几个人的投稿于小报上的话，讥笑我为'投降'，有一种报则载起《文坛贰臣传》来，第一个就是我，——但后来好像并不再做下去了。"

从出版过程看，《二心集》是鲁迅1932年4月26日向北新书局交付了《三闲集》书稿后的当晚一夜编成的，效率不可谓不高："得小峰信并版税泉百，即付以《三闲集》稿，并《唐宋传奇集》《桃色之云》纸版各一副。雨。夜编一九三十至卅一年杂文讫，名之曰《二心集》，并作序。"

《二心集》的封面也仅有鲁迅题写的书名："鲁迅：二心集"。因这本集子一夜编成，又是"一·二八"战后，有急就章的味道，封面简约也符合当时的情形。和“鲁迅：三闲集”相比，不论是“鲁迅”二字的写法，还是“二心”“三闲”的写法，书风都有所区别，《二心集》比《三闲集》更加率性闲适一些。

在《二心集》序言中，鲁迅说：“自从一九三一年二月起，我写了较上年更多的文章，但因为揭载的刊物有些不同，文字必得和它们相称，就很少做《热风》那样简短的东西了；而且看看对于我的批评文字，得了一种经验，好像评论做得太简括，是极容易招得无意的误解，或有意的曲解似的。又，此后也不想再编《坟》那样的论文集，和《壁下译丛》那样的译文集，这回就连较长的东西也收在这里面，译文则选了一篇《现代电影与有产阶级》附在末尾，因为电影之在中国，虽然早已风行，但这样扼要的论文却还少见，留心世事的人们，实在很有一读的必要的。还有通信，如果只有一面，读者也往往很不容易了然，所以将紧要一点的几封来信，也擅自一并编进去了。”这段话解释了为什么《二心集》收录了较长的杂文，以及为什么收关于电影的译文和通信。

《二心集》并没有按惯例由上海北新书局出版，而由上海合众书店出版。在1932年6月18日鲁迅写给台静农的信中，原因讲得很清楚：“我在这几年中，作杂感亦有几十篇，但大抵以别种笔名发表。近辑一九二八至二九年者为《三闲集》，已由北新在排印，三〇至三一年者为《二心集》，则彼不愿印行——虽持有种种理由，但由我看来，实因骂赵景深驸马之话太多之故，《北斗》上题‘长庚’者，实皆我作——现出版所尚未定，但倘甘于放弃版税，则出版是很容易的。”赵景深之妻李希同为李小峰之妹，故鲁迅讽称赵为“驸马”，《二心集》中的《风马牛》《关于翻译的通信》等文曾对赵的误译提出批评，这也是李小峰不愿以及不能出版《二心集》的真正原因。

正是因为有这一过节，在此之前的5月14日，鲁迅和李小峰通信时，就预料了这一点：“昨得函并版税后，即托店友持归《二心集》稿子一本，内尚阙末一篇，因本将刊载《十字街头》而未印，以致稿子尚未取归也。此书北新如印，总以不用本店名为妥，如不印，则希从速将稿付还。”鲁迅说，即使由北新出，“总以不用本店名为妥”，这是设身处地地为李小峰着想，可谓宅心仁厚。

1932年8月23日是一个“大风、微雨而凉”的日子，鲁迅“将《二心集》稿售去，得泉六百”（日记）。这是鲁迅唯一一次把自己的作品版权售给出版商，版权费之高，在鲁迅著作出版史上仅此一例。

据秦海琦、乐融撰文介绍，上海鲁迅纪念馆2006年前后曾征集到一件从未面世过的鲁迅先生真迹，是一张在便笺上用毛笔竖写的收条，宣纸便笺，水印兰叶，长23.8厘米，宽9.5厘米，上书有“今收到二心集版权费大洋陆百元正”，落款为“鲁迅”，时间为“一九三二年八月二十二日”，并盖有鲁迅一方印章。(秦海琦、乐融《新发现的鲁迅〈二心集〉版权费收据》，《上海鲁迅研究》2006年01期）这正是鲁迅售出《二心集》的

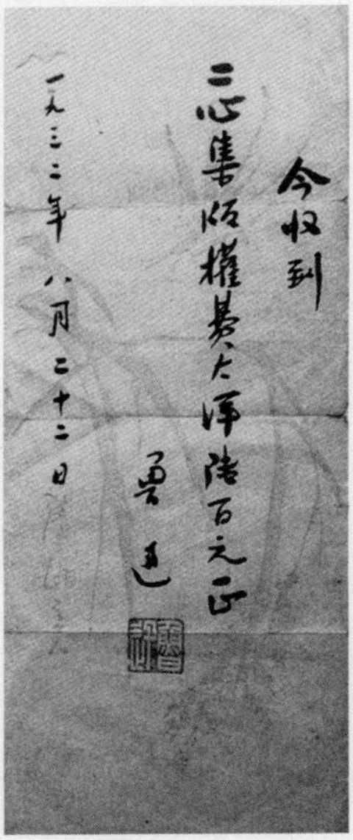

今收到

二心集版权费大洋陆百元正

鲁迅

一九三二年八月二十二日

鲁迅出售《二心集》版权收据

那张收据，看似普通，实则非同寻常。

1933年8月，《二心集》被国民党政府查禁，由合众书店送交国民党图书审查机关审查，被删余16篇杂文。此16篇文章后结集为《拾零集》，于1934年10月印行。

软布面精装，套印腰封书套

——《竖琴》（1933 年 1 月）

《竖琴》，鲁迅编译的苏联“同路人”作家短篇小说集，亦即《新俄小说家二十人集》的上册，共收10篇，1933年1月上海良友图书印刷公司出版，为《良友文学丛书》之一，初版本共印2000册。内收札弥亚丁的《洞窟》、淑雪兼柯的《老耗子》、伦支的《在沙漠上》、斐定的《果树园》、雅各武莱夫的《穷苦的人们》、理定的《竖琴》、左祝黎的《亚克与人性》、拉甫列涅夫的《星花》、英培尔的《拉拉的利益》、凯泰耶夫的《“物事”》等。其中《老耗子》和《“物事”》系柔石译，《星花》系曹靖华译。

《竖琴》和紧接着出版的《一天的工作》封面设计如同孪生，都是软布面精装，套印腰封，腰封上印著译者头像。《竖琴》封面右下角钢印农夫播种图案，左上角钢印书名和“鲁迅编译”等字样。据赵家璧先生介绍：“一九三三年，我主编的《良友文学丛书》开始出版，用软布面精装，外加套印腰封书套，上印

《竖琴》书影

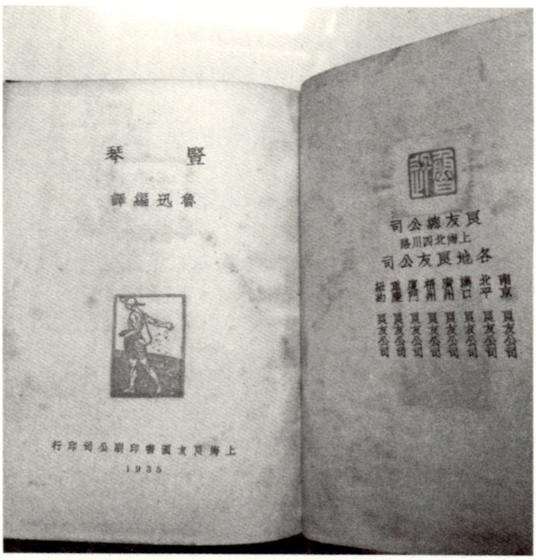

《竖琴》扉页

作译者像。第一种鲁迅编译的《竖琴》，用了一幅线描鲁迅头像。”（赵家璧《鲁迅导引我做好版画出版工作》，《版画艺术》1981年第3期）

资料载，这一腰封上的鲁迅侧身头像为马国亮所画。（据刘运峰《鲁迅书衣百影》，人民文学出版社2007年版）

1932年9月9日，鲁迅作《竖琴》前记：“我向来是想介绍东欧文学的一个人，也曾译过几篇同路人作品，现在就合了十个人的短篇为一集，其中的三篇，是别人的翻译，我相信为很可靠的。可惜的是限于篇幅，不能将有名的作家全都收罗在内，使这本书较为完善，但我相信曹靖华君的《烟袋》和《四十一》，是可以补这缺陷的。”

在写给上海良友图书印刷公司编辑郑伯奇的信中，鲁迅谈到了这两本书的格式、版税、版权证等细节：“《新俄小说家二十人集》译稿，顷已全部编好，分二本，上本名《竖琴》，下本名《一天的工作》，今一并交上。”“格式由书店酌定，但以一律为宜。例如人地名符号，或在左，或在右；一段之下，或空一格或不空，稿上并不一律，希于排印时改归划一。”“版税请交内山老版［板］。需译者版权证否？候示遵办。”（书信320920致郑伯奇）

神州国光社邀请鲁迅编译的苏联文学作品

——《十月》（1933年2月）

《十月》，苏联“同路人”作家雅各武莱夫描写十月革命时期莫斯科起义的中篇小说，作于1923年。鲁迅于1929年初开始翻译，次年夏末译毕。上海神州国光社1933年2月出版，列为鲁迅所编《现代文艺丛书》之一，实价大洋6角（外埠酌加邮购费），版权页中“版权所有”一栏还打有“普及本”字样。

雅各武莱夫（1886—1953），苏联小说家。十月革命前开始文学创作，曾参加“谢拉皮翁兄弟”文学团体，著有中篇小说《自由民》《十月》，长篇小说《人和沙漠》等。

《十月》的封面主体是两个端着刺刀的革命者木刻，一个在近端，侧向读者；另一个在远端，探出掩体，望向读者。书名“十月”和作者名雅各武莱夫排列在封面最上端，以黑色条框作底；大红色的俄文 октябрь（十月）斜排在封面中部，显得极为醒目；封面下端排印“鲁迅编·现代文艺丛刊之一·鲁迅译”。整个封面有一种革命的气息，在鲁迅的全部著译作品

十月 A.雅各武荚夫作
А.ЯКОВЛЕВ
ОКТЯБРЬ
魯迅編·現代文藝叢刊之一·魯迅譯
1933 · 上海神州國光社發行 · 1933

中很是独特。

《十月》是雅各武莱夫的代表作，有进步的观念形态。鲁迅对雅各武莱夫的评价是，“他以农民为人类正义与良心的最高的保持者，惟他们才将全世界连结于友爱的精神”。

鲁迅的翻译活动兼顾理论与创作，文学作品翻译方面，最重要的两部是《十月》和《毁灭》。

20世纪二三十年代之交是中国左翼文学特别繁荣的时期，由于其时国民党当局把主要精力放在处理政治军事问题上，尚未顾及大规模“围剿”左翼文学，因此，红色成了文坛的主基调。这给出版商创造了赚取利益的机会，就连以出版碑帖画册见长的神州国光社也看到了其中的商机，1930年主动邀请鲁迅编一套专收苏联文学作品的丛书。当年4月11日，鲁迅收到了出版合同，并立即定出《现代文艺丛书》书目，约人分头翻译，计划共出十本，分别是：

《浮士德与城》，A. 卢那卡［察］尔斯基作，柔石译

《被解放的堂·吉诃德》，A. 卢那卡尔斯基作，鲁迅译

《十月》，A. 雅各武莱夫作，鲁迅译

《精光的年头》，B. 毕力涅克作，蓬子译

《铁甲列车》，V. 伊凡诺夫作，侍桁译

《叛乱》，P. 孚尔玛诺夫作，成文英译

《火马》，F. 革拉特珂夫作，侍桁译

《铁流》，A. 绥拉菲摩维支作，曹靖华译

《毁灭》，A. 法捷耶夫作，鲁迅译

《静静的顿河》，M.唆罗诃夫作，侯朴译

鲁迅亲自承担其中三本书的翻译任务，他一面抓紧翻译，一面校订别人的译本，陆续将完成的几部译稿交付出版社。但是，情况很快就发生了变化，“对于左翼作家的压迫，是一天一天的吃紧起来，终于紧到使书店都骇怕了。神州国光社也来声明，愿意将旧约作废，已经交去的当然收下，但尚未开手或译得不多的其余六种，却千万勿再进行了。那么怎么办呢？去问译者，都说，可以的。这并不是中国书店的胆子特别小，实在是中国官府的压迫特别凶，所以，是可以的。于是就废了约”(《〈铁流〉编校后记》)。最终，这一套《现代文艺丛书》只出了四种，分别是：

柔石译剧本《浮士德与城》，神州国光社1930年9月版；

贺非译长篇小说《静静的顿河》(第一部)，神州国光社1931年10月版；

韩侍桁译中篇小说《铁甲列车》，神州国光社1932年8月版；

鲁迅译中篇小说《十月》，神州国光社1933年2月版。

徐诗荃木刻鲁迅像的腰封

——《一天的工作》（1933年3月）

《一天的工作》，鲁迅1932年至1933年间编集的苏联短篇小说集，亦即《新俄小说家二十人集》的下册，1933年3月由上海良友图书印刷公司出版，列为《良友文学丛书》第四种。内收毕力涅克的《苦蓬》、绥甫林娜的《肥料》、略悉珂的《铁的静寂》、聂维洛夫的《我要活》、玛拉式庚的《工人》、绥拉菲摩维支的《一天的工作》和《岔道夫》、孚尔玛诺夫的《革命的英雄们》、唆罗诃夫的《父亲》、班菲洛夫和伊连珂夫合写的《枯煤，人们和耐火砖》等作品10篇。其中绥拉菲摩维支的两篇为文尹（杨之华）所译。

《良友文学丛书》，赵家璧主编，包括：鲁迅编译《竖琴》、何家槐作《暧昧》、巴金作《雨》、鲁迅编译《一天的工作》、张天翼作《一年》、蓬子创作《剪影集》，共六种。

关于《一天的工作》，书后所附《良友文学丛书》广告称："这是继《竖琴》而选译的最近苏联短篇小说集，代表八个普

卢列塔利亚作家。形式的新颖、意识的真确，是大众文艺的典型作品。三百二十余面，洋装精订一册，售价大洋九角，邮费国内二分半、国外（误打为国内）二角半。”

所谓“普卢（罗）列塔利亚”(proletariat)，原指古罗马社会的最下等民众，今指无产阶级。

《一天的工作》为布面精装，封面左上角钢印书名和作者名，右下角钢印一帧木刻。

《良友文学丛书》非常特殊的地方，是使用了腰封。

腰封也称“书腰纸”，是包裹在图书封面的一条纸带，属于外部装饰物，印制与该书相关的宣传、推介文字，主要作用是装饰封面或补充封面的表现不足，一般多用于精装书籍。好的“腰封”是图书装帧艺术设计的一部分。我国图书的腰封是19世纪90年代从日本传入的。

这套《良友文学丛书》的腰封，能完整保存下来的非常之少。笔者查阅资料，知《一天的工作》腰封上使用了一张鲁迅的木刻像。

赵家璧《鲁迅导引我做好版画出版工作》一文说："我与鲁迅在版画出版方面的第一次接触是一幅鲁迅木刻头像。一九三三年，我主编的《良友文学丛书》开始出版，用软布面精装，外加套印腰封书套，上印作译者像。第一种鲁迅编译的《竖琴》，用了一幅线描鲁迅头像。当另一本译作《一天的工作》出版前，我要求他另给我一幅新的……由于我一再要求，他就给了我一幅木刻头像。这种包书纸，读者很少保留。这幅木刻据说外界很少见到，作者至今也未查明。"(《版画艺术》1981年第3期)

赵家璧先生1981年还未查明作者的鲁迅木刻像，事实上是徐梵澄（徐诗荃）的作品。

1931年2月13日，鲁迅日记："下午得诗荃所寄《弗兰克孚德日报》三张，又自作木刻两幅。"这两幅作品刻的就是鲁迅像。徐梵澄先后送给鲁迅木刻作品8幅。这些作品，鲁迅喜欢《罐梨》，在写给徐梵澄的信中，他说这张最好。《鲁迅像》鲁迅也喜欢，便将其交由上海良友图书公司，作为《一天的工作》腰封图。

1932年9月18日夜，鲁迅作《一天的工作》的前记，介绍了其时苏联的形势特别是文学方面的形势，同时表达了所见无产者作家作品有限的遗憾，称"伟大的作者，遗漏的还很多"。

《一天的工作》编辑和出版的过程如下：

1932年9月19日，“下午编《新俄小说家二十人集》下册讫，名之曰《一天的工作》”。11月4日，“以《一天的工作》归良友公司出版，午后收版税泉二百四十，分与文尹六十”。1933年1月8日致信赵家璧：“《一天的工作》已校毕，今送上，但因错字尚多，故须再校一次。改正之后，希并此次送上之校稿，一并交下为荷。”“此书仍无目录，似应照《竖琴》格式，即行补入也。”1933年3月28日，“得赵家璧信并良友图书公司所赠《一天的工作》十本，又自买二十五本，共泉十五元七角五分”。除了赠送的书，鲁迅还一次性买了25本，3月30日寄曹靖华10本，寄台静农6本。这些书也很快赠完，5月5日，“往良友公司买《竖琴》及《一天的工作》各五本，《雨》及《一年》各一本，共泉七元六角”。鲁迅亲自买来自己的作品赠送亲友，可见民国出版和发行秩序之井然。

此书版权页显示是1933年3月1日初版。第一版印2000册，第二版亦印2000册。版权页贴“鲁迅”白文章版权票一枚。

“图案家”陈之佛的几何语言

——《鲁迅自选集》（1933年3月）

《鲁迅自选集》，鲁迅一生唯一的自选集，内收小说12篇，散文10篇，共计22篇。其中7篇选自《野草》:《影的告别》《好的故事》《过客》《失掉的好地狱》《这样的战士》《聪明人和傻子和奴才》《淡淡的血痕中》；5篇选自《呐喊》:《孔乙己》《一件小事》《故乡》《阿Q正传》《鸭的喜剧》；5篇选自《彷徨》:《在酒楼上》《肥皂》《示众》《伤逝》《离婚》；2篇选自《故事新编》:《奔月》《铸剑》；3篇选自《朝花夕拾》:《狗·猫·鼠》《无常》《范爱农》。1933年3月上海天马书店出版，实价大洋1.2元（外埠酌加邮购费），版权页贴“鲁迅”白文章版权票一枚。

1932年12月14日，鲁迅在《自选集》自序中回顾了自己的创作历程，说他的小说创作开始于1918年，小说集《呐喊》可以说是“遵命文学”。“不过我所遵奉的，是那时革命的前驱者的命令，也是我自己所愿意遵奉的命令，决不是皇上的圣旨，也不是金元和真的指挥刀。”《新青年》散掉后，鲁迅有了

小感触，就写些散文诗，印成一本，谓之《野草》。得到较整齐的材料，还是做短篇小说，集印了11篇，谓之《彷徨》。到厦门之后，写了几则《故事新编》和几篇《朝花夕拾》。鲁迅认为，“可以勉强称为创作的，在我至今只有这五种”。当时，天马书店策划了一套自选集丛书，由作家本人题写书名，鲁迅就将材料、写法都有些不同，“可供读者参考的东西，取出二十二篇来，凑成了一本”。但他将给读者一种“重压之感”的作品，却特地竭力抽掉了，理由是“并不愿将自以为苦的寂寞，再来传染给也如我那年青时候似的正做着好梦的青年”。

据鲁迅日记，1933年3月20日，“得《自选集》二十本，天马书店送来”。此书很快再版，1934年5月14日，“上午寄天马书店印证五百，《自选集》用”。

《鲁迅自选集》的封面由陈之佛设计。

陈之佛（1896—1962），浙江余姚人，早年毕业于日本东京美术学校图案科，1924年回国后从事装潢图案设计。

陈之佛是鲁迅那个时代的“90后”，现代美术史上，可以称作“图案家”的，当首推陈之佛，他被称作“中国图案画的拓荒者”。

《鲁迅自选集》是陈之佛图案装帧手法的代表作。这一封面底色为褚黄色，居中略偏右位置留出白色色块，上有鲁迅手书“鲁迅自选集”。白色色块延伸到书脚，呈阶梯状。封面上端排印小孔，显出透视状。扉页“鲁迅自选集／天马书店印行”字样饰以青铜器纹样花边，显得非常厚重。

陈之佛善于运用传统民族形式，并吸收古埃及、古希腊的绘画艺术手法作画，色彩浑厚朴实，构图严谨，使人过目难忘。有一个阶段，他几乎包揽了天马书店出版的所有书籍的装帧设计，连天马书店的标志——一匹展翅的飞马，也是由他设计的。陈之佛还为周作人《知堂文集》、鲁彦《小小的心》、圣旦《发掘》、黎锦明《战烟》等作过封面画。

陈之佛设计得最多的是期刊封面，据统计，约有200种左右，包括《东方杂志》《小说月报》《文学》等。

陈之佛的期刊封面设计具有开拓性意义，他或使用几何图案造型，或使用古代纹饰组合，或以人物为中心，追求装饰的美感，同时能统筹全局，着眼于期刊整体形象的一致与连贯。他设计的期刊封面，有的每期更换一个画面一种形式，有的同一卷用同一个画面，只在颜色上加以区分。

1932年底是鲁迅生计比较困难的一个时期，12月23日，他在写给李小峰的信中说："前日蒙送来版税钱一百，甚感。这半年来，沪寓中总是接连生病，加以北平，实在亏空得可以，北新书局又正有事情，我不好来多开口，于是只得自选了一本选集，并将书信集豫约给一个书店，支用了几百元版税，此集现在虽未编成，自然更未交去，但取还的交涉，恐怕是很难的，倘再扣住，也许会两面脱柄，像《二心集》一样。"

鲁迅信中所说的"北新书局又正有事情"是指1932年上海北新书局出版民间故事丛书《小猪八戒》一册，引起了上海、北京等地"回教徒"的不满。北新书局一度被封。

因北新书局"正有事情"，鲁迅不好再与之合作出版事宜，为了生计，只好应天马书店之请自选一本集子交由出版，并将书信集即《两地书》也预约给天马书店出版（后改由上海青光书局于1933年4月出版）。一本书的背后，是一个家庭的生计、一个出版社的处境及一个时代的面目。

“孩子已养得这么大了，旧信精装它什么”
——《两地书》（1933年4月）

《两地书》是鲁迅与景宋（许广平）1925年3月至1929年6月间的书信合集，共收信135封，由鲁迅编辑修改而成，分为三集，1933年4月由上海青光书局（北新书局的化名）初版，作者生前共印行四版次。

《两地书》是32开毛边本，封面由鲁迅设计，使用炒米色布纹纸，墨绿色字体，书名是北新书局请人所刻的扁体字（鲁迅认为刻得“真坏”，而且刻倒了），布局极似一个简洁的信封，朴素大气，是极简设计的范本。

此书的出版与封面设计的过程，可以从鲁迅与北新书局老板李小峰的数份通信中略知一二。

《两地书》1932年12月预约给上海天马书店出版，到了1933年1月2日，鲁迅在写给李小峰的信中称，在天马书店出版书信集事“尚未与十分定实”。1月14日，鲁迅将书信集改交北新书局，并想用较好的黄色纸另印一百本，自己装订，后

《两地书》书影（左）及版权页（右）

来打消了这一想法。3月15日，鲁迅致信李小峰：“《两地书》请觅店刻三个扁体字（如《华盖集》书面那样），大小及长，均如附上之样张，即用于第一页及书面者。”3月25日，鲁迅挂号寄出《两地书》的校稿并序目等，同时就封面设计专门交代：“书面我想也不必特别设计，只要仍用所刻的三个字，照下列的样子一排——……这就下得去了。”信中，鲁迅画出了封面设计草图。3月31日，鲁迅收到《两地书》的校排稿后，寄出了书面设计定稿，叮嘱：“希完全照此样子，用炒米色纸绿字印，或淡绿纸黑字印。那三个字也刻得真坏（而且刻倒了），但是，由它去罢。”“此书似乎不必有‘精装’。孩子已养得这么大了，旧信精装它什么。但如北新另有‘生意经’上之关系，我也并不反对。”此后的一封信，鲁迅还就出版社统一署作“上海北新书局”或“青光书局”提出了意见。

《两地书》是鲁迅著作中最为私密的一部书，他为什么要

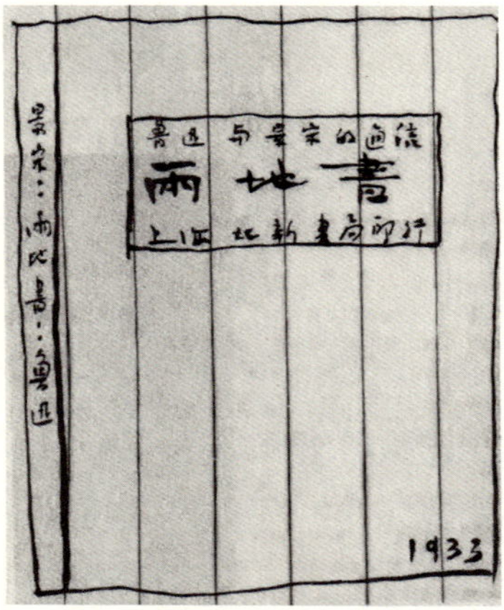

鲁迅手绘《两地书》封面

将与爱人的情书公布于大庭广众呢？

1932年12月16日，编好《两地书》后，鲁迅写了一篇序言，透露了其中的细节：1932年8月5日，鲁迅得知未名社成员韦素园去世的消息，因怀念老友，翻找韦素园信件时，找到了很多自己与许广平的通信，于是有了出版这些信件的想法："先前是一任他垫在箱子底下的，但现在一想起他曾经几乎要打官司，要遭炮火，就觉得他好像有些特别，有些可爱似的了。夏夜多蚊，不能静静的写字，我们便略照年月，将他编了起来，因地而分为三集，统名之曰《两地书》。"

其实，鲁迅出版《两地书》的真实原因，在8月17日写给老友许寿裳的信中不小心透露了："上海近已稍凉，但弟仍一无所作，为啖饭计，拟整理弟与景宋通信，付书坊以图版税，昨今一看，虽不肉麻，而亦无大意义，故是否编订，亦未决也。"

一言以蔽之，"为啖饭计""付书坊以图版税"。

1932年，鲁迅的收入骤降。在此之前，从1927年10月开始，国民政府直属的全国最高学术教育行政机关"大学院"（1928年10月改为教育部）在蔡元培的主持下，聘请了一些当时有重要学术影响的人物为"大学院"的"特约著述员"，鲁迅、许寿裳等人是首批特约著述员，每月可以领取300元"特约著述员补助"（鲁迅日记中称其为"编辑费"），直到1931年12月这笔"编辑费"被裁撤。因此，到了1932年，鲁迅的生活压力一下子大了。躲避完1932年初的"一·二八"战乱，鲁迅便开始加大力度卖文。当年4月份，鲁迅用十天时间编讫一本短评集《三闲集》，收到李小峰支付的版税100元后，即付以《三闲集》稿。然后，他又用一个晚上编了另一本杂文集《二心集》，9月份，《二心集》稿卖了600元。同时，鲁迅还接手编辑翻译了一本《新俄作家二十人集》，分为上下两册，上册叫《竖琴》，下册叫《一天的工作》。12月，鲁迅又“自选旧日创作为一集，至夜而成”，这部一日成稿的作品叫《自选集》，第二天就以300元卖给了上海天马书店。

所以，1932年的鲁迅，开足马力编杂文集、译文集、自选集，原始的目的是“为啖饭计”。

鲁迅在北新书局享受的是当时最高的版税20%，而《两地书》的版税定为25%，这说明鲁迅本人和李小峰都对此书的畅销有很好的预期。市场没有辜负两人的期望，《两地书》定价一元一本，出版后确实大卖。1933年的鲁迅日记记载了《两地书》的印制销售情况：半年时间，共印制6500册，应得版税1625元。

《两地书》是鲁迅、许广平生活、爱情的写照，“我们以这一本书为自己记念，并以感谢好意的朋友，并且留赠我们的孩子，给将来知道我们所经历的真相，其实大致是如此的”。读之可领会鲁迅吟赠许广平的诗句“十年携手共艰危，以沫相濡亦可哀”。

制版印刷装订均不坏，缺点是纸太硬和两面印

——《一个人的受难》（1933 年 9 月）

《一个人的受难》，木刻家麦绥莱勒作木刻连环图画故事集，鲁迅序，上海良友图书印刷公司1933年9月出版。初版本印2000册，每册实价大洋3角。

这本书的开本非常别致，为36开小精装本，铜版纸印刷，封面左上角印有粗犷而棱角分明的黑体字："木刻连环图画故事 / 麦绥莱勒作 / 一个人的受难 / 鲁迅序"；右下角印书中第六幅图的局部，极具质感，鲁迅对这幅图的说明是"到底免不了被人踢出，像打跑一条野狗一样"。

野兽派绘画大师马蒂斯曾说"东方人把黑色作为一种彩色使用"。黑色拥有简化结构的惊人力量，鲁迅擅长使用黑色体现某种深沉的感情。

扉页除书名作者名等外，还印有"木刻画二十五幅 /1933/ 上海良友图书公司印行"字样。书籍墨色浓黑，印制精细，刀笔入木三分，人物环境刻画均不落俗套。

麦绥莱勒（1889—1972），比利时画家、木刻家，曾为惠特曼、罗曼·罗兰、亨利·巴比塞等作家的作品作插图。

1933年春，在上海良友图书印刷公司担任编辑的赵家璧从一家德国书店买到四种麦绥莱勒的木刻连环画，分别是《光明的追求》《我的忏悔》《没有字的故事》和《一个人的受难》，第二天，他带着这四种连环画找到鲁迅，提出准备由良友翻印出版的想法，鲁迅非常赞同，当即答应为其中的《一个人的受难》作序。

麦绥莱勒擅长用木刻图画的形式表现完整的故事。1932年10月，鲁迅在《"连环图画"辩护》一文中早就介绍过麦绥莱勒："比国有一个麦绥莱勒（Frans Masereel），是欧洲大战时候，像罗曼罗兰一样，因为非战而逃出过外国的。他的作品最多，都是一本书，只有书名，连小题目也没有。"1933年8月6日，鲁迅作《一个人的受难》序。"为《一个人的受难》写了一点序，姑且寄上，如不合用，或已太迟，请抛掉就是，因为自己看看，也觉得太草率了。"（书信330807致赵家璧）虽然自谦"草率"，但这也是介绍麦绥莱勒最权威的一篇文章。序言先介绍了中外连环图画的历史和麦绥莱勒的生平，称麦绥莱勒是反对欧战的一人，"但所作最多的是木刻的书籍上的插图，和全用图画来表现的故事。他是酷爱巴黎的，所以作品往往浪漫，奇诡，出于人情，因以收得惊异和滑稽的效果。独有这《一个人的受难》（*Die Passion eines Manschen*）乃是写实之作，和别的图画故事都不同"。鲁迅还以主要篇幅对25幅木刻作品做了

木刻連環啚画故事
麥綏萊勒作
一個人的受難
魯迅序

说明，使之成为一个连续的故事。这故事凄惨而悲壮，是对不平等社会的控诉和对无产者的同情。

1933年10月7日，鲁迅收到了良友图书公司出版的麦绥莱勒所作木刻故事连环图画《我的忏悔》《光明的追求》《没有字的故事》各一册，《一个人的受难》样书20册。10月8日，鲁迅在给赵家璧的信中说："这书的制版和印刷，以及装订，我以为均不坏，只有纸太硬是一个小缺点；还有两面印，因为能够淆乱观者的视线，但为定价之廉所限，也是没有法子的事。"

鲁迅也对木刻集的销售表达了希望："M.氏的木刻黑白分明，然而最难学，不过可以参考之处很多，我想，于学木刻的学生，一定很有益处。但普通的读者，恐怕是不见得欢迎的。我希望二千部能于一年之内卖完，不要像《艺术三家言》，这才是木刻万岁也。"

《艺术三家言》是傅彦长、朱应鹏、张若谷合著之书，1927年上海良友图书印刷公司出版，鲁迅对此书评价不高。

从此信可以看出，鲁迅深度参与《一个人的受难》的出版，是为学习木刻的中国青年提供有益的借鉴。

中国现代文学史上的孤例：封面上两个书名

——《伪自由书》（1933年10月）

《伪自由书》，鲁迅的第八本杂文集，是1933年1月底至5月中旬鲁迅写给《申报》副刊《自由谈》的短评合集，收录此间鲁迅所写杂文43篇。包括《观斗》《赌咒》《从讽刺到幽默》《推背图》《中国人的生命圈》《大观园的人才》《言论自由的界限》等。1933年10月由上海北新书局以青光书局名义出版。大32开，道林纸毛边本。

《伪自由书》封面由鲁迅设计并题写书名，书名分两列，自右向左排列。第一列字体略大，内容为：鲁迅：伪自由书。第二列字体略小，内容为：一名“不三不四”集。同一本书，竟在封面上使用了两个书名，这在中国现代文学史上属于孤例，鲁迅对现代书刊封面设计装帧的驾驭，已到了信马由缰的自由境地。因鲁迅的杂文被污蔑为“不三不四的言论”，一名“不三不四”集，也是鲁迅惯用的借力打力的蔑视法。

《伪自由书》实价7角，版权页上贴有“鲁迅”白文章版权

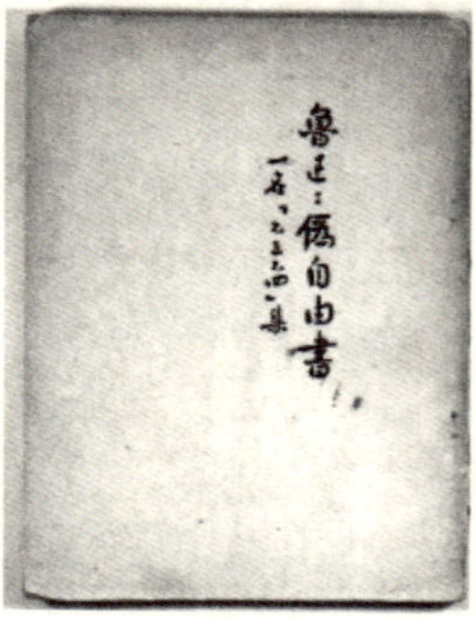

票一枚。

鲁迅在《前记》里说：“这些短评，有的由于个人的感触，有的则出于时事的刺戟，但意思都极平常，说话也往往很晦涩，我知道《自由谈》并非同人杂志，‘自由’更当然不过是一句反话，我决不想在这上面去驰骋的。我之所以投稿，一是为了朋友的交情，一则在给寂寞者以呐喊，也还是由于自己的老脾气。然而我的坏处，是在论时事不留面子，砭锢弊常取类型，而后者尤与时宜不合。”意即杂文集名为《伪自由书》，实则并无言论自由，这是对国民党反动派“文化围剿”的反抗和揭露。

《伪自由书》文末，还有一篇非常长的《后记》，内容涉及多篇因鲁迅而起的琐闻，其实都是笔墨官司。鲁迅说：“我向《自由谈》投稿的由来，《前记》里已经说过了。到这里，本文已完，而电灯尚明，蚊子暂静，便用剪刀和笔，再来保存些因为《自由谈》和我而起的琐闻，算是一点余兴。”此文落款于1933年7月20日午，但检阅鲁迅日记，7月30日，“夜作《伪自由书》后记讫”。可知这一特长的后记，起笔于7月20日前后，至7月30日始补充完结。

鲁迅着手编辑出版《伪自由书》的过程如下：1933年7月20日，“夜编《伪自由书》讫”。7月28日，“得小峰信并版税二百，付以《伪自由书》稿”。7月30日，“夜作《伪自由书》后记讫”。8月17日，“下午校《伪自由书》起”。8月24日，“校《伪自由书》毕”。8月26日，“得小峰信，即付《伪自由书》印证五千”，可知此书首印5000册。10月16日，“得小峰信并版税二百元，《伪自由书》二十本”。至此，《伪自由书》正式出版，分两次收版税共400元。

《伪自由书》出版后，迅速被当局查扣。11月15日，鲁迅致信姚克：“《伪自由书》已被暗扣，上海不复敢售，北平想必也没有了。此后所作，又盈一册（后来的《准风月谈》）。但目前当不复有书店敢印也。”12月9日，鲁迅致信李小峰：“自上海不卖《伪自由书》后，向我来索取者不少，但我已无此书，故乞即托店友送五十本给我，其价即在版税中扣除可也。”

1934年，国民党加紧对红色根据地的军事“围剿”，同时加紧对进步文化的“围剿”，并有一次较大规模的禁书行动。倪墨炎的《现代文坛灾祸录》详细介绍了这次禁书行动的前前后后。这年2月，国民党中央宣传委员会发出密令，一举查禁图书149种，几乎囊括了全部著名左翼作家的重要著作。后来由于书业界的反对，当局把这149种书分五档处理，其中第二档“应禁止发售之书目”，包括丁玲的《夜会》和《一个人的诞生》、鲁迅的《二心集》和《伪自由书》、陈望道译《苏俄文学理论》、冯雪峰的《文学评论》等。鲁迅《伪自由书》被禁的理由是：“内共有杂感文40余篇，多讥评攻讦政府当局之处，以《伪自由书》为书名，其意亦在诋毁当局。”鲁迅等左翼作家所处的环境由此可知。

《伪自由书》1936年11月曾由上海联华书局改名《不三不四集》印行一版。该版本在书名上部用拉丁拼音标出“WEI ZJU SHU”，即“伪自由书”，这种标注法，书报检查官是看不懂的。除这一版，此后印行的版本都与初版相同。

制版名手用玻璃版精印，神采奕奕，殆可乱真

——《引玉集》（1934 年 3 月）

《引玉集》，苏联木刻画集，鲁迅编选，1934年3月以“三闲书屋”名义自费印行。

此书为精装本，带纸函，鲁迅专门发往日本印刷。封面设计独具匠心：苏联版画家们的姓名字母被分为八行横排，置入中式版刻风格的“乌丝栏”中，末行有“木刻60幅”字样（误刻，应为59幅，1935年再版时改正为59幅）。框左是竖排、手写的“引玉集”。圆形阴文的“全”字点缀其中，使红底黑字的方框显得活跃。

红色、黑色和白底，是中国出版物的经典用色。这一封面使用了汉代石刻手法装饰木刻，装饰效果切合了书中介绍木刻版画的特定内容，极其庄重，处处可见鲁迅设计此书的良苦用心以及鲁迅“兼容并蓄”的艺术态度，钱理群称此封面“色度饱满，色调沉稳而热烈，正和他在《后记》里所表达的情感相应”。

引玉集
D. MITROKHIN, A. KRAV-
CHENKO, N. PISKAREV,
V. FAVORSKY, P. PAV-
LINOV, A. GONCHA-
ROV, M. PIKOV, S. MO-
CHAROV, L. KHIZHIN-
SKY, N. ALEKSEEV, S
POZHARSKY 木刻 59幅

《引玉集》的广告文字也是一篇精美的小品文：

> 敝书屋搜集现代版画，已历数年，西欧重价名作，所得有限，而新俄单幅及插画木刻，则有一百余幅之多，皆用中国白纸换来，所费无几。且全系作者从原版手拓，与印入书中及锌版翻印者，有霄壤之别。今为答作者之盛情，供中国青年艺术家之参考起见，特选出五十九幅，嘱制版名手，用玻璃版精印，神采奕奕，殆可乱真，并加序跋，装成一册，定价低廉，近乎赔本，盖近来中国出版界之创举也。但册数无多，且不再版，购宜从速，庶免空回。上海北四川路底施高塔路十一号内山书店代售，函购须加邮费一角四分。三闲书屋谨白。

从以上广告文字可知，《引玉集》所收作品均为原版手拓，由制版名手用玻璃版精印，“神采奕奕，殆可乱真”，确是其时中国出版界之盛事。

《引玉集》的“引玉”既有“抛砖引玉”之意，又暗指书中所收苏联画家的版画是鲁迅为推动中国木刻运动，通过曹靖华用中国的宣纸换来的。1932年，“一·二八”上海战事中，这些版画几乎毁于战火。鲁迅感到这些版画留在自己手中，“仿佛是一副重担”：“一部分已经散亡，一部分几遭兵火，而现在的人生，又无定到不及薤上露，万一相偕湮灭，在我，是觉得比失去了生命还可惜的。”于是决定选出一部分自费付印，名为《引玉集》，鲁迅因此感慨：“目前的中国，真是荆天棘地，所见的只是狐狗的跋扈和雉兔的偷生，在文艺上，仅存的是冷淡和破坏。”但他又坚信：“历史的巨轮，是决不因帮闲们的不满而停运的；将来的光明，必将证明我们不但是文艺上的遗产的保存者，而且也是开拓者和建设者。”(《〈引玉集〉后记》)

《引玉集》初版仅印300部，版权页显示的信息如下：

> 一九三四年三月／三闲书屋据作者手拓原本用珂罗版／翻造三百部内五十部为记［纪］念本／不发卖／二百五十部为流通本每部／实价一元五角正／上海北四川路底施高塔路／内山书店代售

1935年4月，《引玉集》再版，印215部，版权页显示的信息如下：

> 一九三四年三月／三闲书屋据作者手拓原本用珂罗版／翻造三百部内五十部为记［纪］念本／不发售二百五十部为流通本卖讫／一九三五年四月／再版二百十五部内十五部仍为赠送本／不发卖／二百本为流通本每部／实价一元五角正／上海北四川路底施高塔路／内山书店代售

由此可知，《引玉集》初版和再版共印515部，目前已是新文学图书罕见版本。

“彼既禁遏，我偏印行，赌气而已”

——《南腔北调集》（1934年3月）

《南腔北调集》，鲁迅的第九本杂文集，上海同文书店1934年3月初版，实价大洋8角，版权页贴有鲁迅白文章版权票一枚。

同文书店、兴中书局其实都是上海联华书局的化名，费慎祥主办。鲁迅将《南腔北调集》《准风月谈》分别交由该书局出版。

《南腔北调集》收入了鲁迅1932年至1933年间创作的杂文51篇，包括《“非所计也”》《看萧和“看萧的人们”记》《论“第三种人”》《辱骂和恐吓决不是战斗》《为了忘却的记念》《我怎么做起小说来》《小品文的危机》等。这些文章曾登载于《十字街头》《文学月报》《北斗》《现代》《涛声》《论语》《申报月刊》《文学》等刊物，其中的时事短评以报纸上的新闻报道为素材，着重揭露国民党在“九一八”以后奉行的卖国政策和军事、文化“围剿”行径。

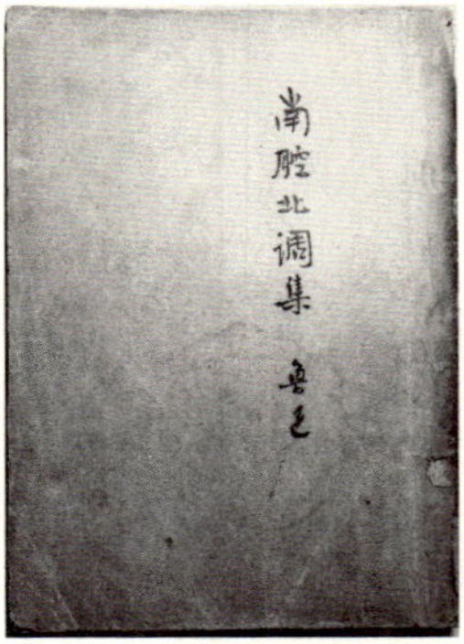

《南腔北调集》封面仍用鲁迅自题书名，保持了简洁的风格，但扉页使用了一幅木刻，外方内圆，仿佛一面镶嵌在书页上的西洋铜镜，书名即竖写于镜面上，很是别致。

鲁迅编选《南腔北调集》动手较早，先一年，即1933年12月31日夜，鲁迅就写了一篇题记，说明了这一书名的来历：一两年前，上海一位署名“美子”的文学家常常拉别人为材料，来写她的所谓“素描”，鲁迅也没有幸免。“据说，我极喜欢演说，但讲话的时候是口吃的，至于用语，则是南腔北调。前两点我很惊奇，后一点可是十分佩服了。真的，我不会说绵软的苏白，不会打响亮的京腔，不入调，不入流，实在是南腔北调。”

鲁迅按惯例每年要编一本文集，“一俯一仰，居然又到年底”，“静着没事，有意无意的翻出这两年所作的杂文稿子来，排了一下，看看已经足够印成一本，同时记得了那上面所说的

'素描'里的话，便名之曰《南腔北调集》，准备和还未成书的将来的《五讲三嘘集》配对”。这是鲁迅在私塾读书时“对过对”的“积习”，当然，《五讲三嘘集》最终并没有出。信手拈来将杂文集命名为《南腔北调集》，书名既是自嘲，又鄙薄无聊文人的无聊论调。

《语丝》停刊后，鲁迅没有了任意说话的地方，“打杂的笔墨，是也得给各个编辑者设身处地地想一想的，于是文章也就不能划一不二，可说之处说一点，不能说之处便罢休”。鲁迅的战斗也是很讲究策略的，“我也毫不强横”。而对于一年要出一本书，有些学者可能要大摇其头，“然而只有这一本，虽然浅薄，却还借此存留一点遗闻逸事，以中国之大，世变之亟，恐怕也未必就算太多了罢”。

《南腔北调集》出版过程如下：1934年2月3日，“下午编《南腔北调集》讫”。3月1日，鲁迅做了很多事，“午后编《引玉集》毕，付印”，之后腾出手来，晚上校《南腔北调集》，至16日，“夜校《南腔北调集》讫”。3月31日，书印成，“下午以《南腔北调集》分寄相识者”。

对这本杂文集，鲁迅自谓：“此书殆皆游词琐语，不足存，而竟以出版者，无非为了彼既禁遏，我偏印行，赌气而已，离著作之道远甚。”（书信340401致陶亢德）

限定印造一百部，“至三十世纪，必与唐版媲美矣”

——《北平笺谱》（1933 年 12 月）

《北平笺谱》是鲁迅与郑振铎1933年合作编选出版的传统水印木刻笺纸集。书为线装包角，蓝面白签，签条由沈兼士署写，扉页为沈尹默所题，书前有鲁迅、郑振铎序各一，分别为天行山鬼（魏建功）和郭绍虞手迹，书后附郑振铎《访笺杂记》，说明当时与鲁迅远道磋商、书函往返及遍访各铺、商请镌印的经过。首印100部，每部书上均有鲁迅和郑振铎二人的亲笔签名。其中鲁迅自订20部，郑振铎10部，内山书店经售20部，余50部预约发售，售价12元。

“鲁迅先生于木刻画夙具倡导之心，而于诗笺之衰颓，尤与余同有眷恋顾惜之意，尝与余言之，因有辑印《北平笺谱》之议。”（郑振铎）鲁迅与郑振铎的此次联手，可谓珠璧之合。

鲁迅与郑振铎“对木刻画有同嗜”。鲁迅嗜笺纸，“很早的便在搜访笺纸，而尤注意于北平所刻”。他曾斥资重印《梅斐尔德木刻士敏土之图》数百部，所收十幅木刻黑白相映，栩栩

如生，简朴雄劲，该书鼓动了中国现代木刻画的创作风气。郑振铎搜求明代雕版画起步早，是“五四”那代人中基本掌握宋元以来版画史踪迹的文人。

20世纪30年代初，鲁迅与郑振铎比较密切的交往都是围绕木刻艺术进行的。1931年6月9日，鲁迅在冯雪峰、蒋径三、增田涉的陪同下，专程到郑振铎家欣赏郑氏收藏的明清版画书。1931年6月27日，郑振铎托蒋径三给鲁迅带去一盒印有彩色版画的信笺和一盒信封。7月23日，郑又寄赠鲁迅《百花诗笺》一函二本，鲁迅复信表示感谢。1933年初，鲁迅收到郑振铎所赠《插图本中国文学史》三册后，于2月5日回信说:“去年冬季回北平，在留黎厂得了一点笺纸，觉得画家与刻印之法，已比《文美斋笺谱》时代更佳，譬如陈师曾、齐白石所作诸笺，其刻印法已在日本木刻专家之上，但此事恐不久也将销沈［沉］了。因思倘有人自备佳纸，向各纸铺择尤（对于各派）

各印数十至一百幅，纸为书叶形，采色亦须更加浓厚，上加序目，订成一书，或先约同人，或成后售之好事，实不独为文房清玩，亦中国木刻史上之一大纪念耳。”

鲁迅信中所言“此事恐不久也将销沈了”是有所指的。当时北京不少南纸店投合洋人所好，为了使笺纸方便钢笔书写，便用薄而透明的舶来洋纸或上矾的纸制笺，使笺纸原有的丰韵荡然无存；有的虽仍沿成法，但粗制滥造，笺纸的韵味也十去其六。郑振铎等有识之士惊呼，刻笺之业恐将“随此古城之荒芜而销歇”。

笺纸自古便是文房清供，是文人诗文唱和、书信往来之品，以木版水印技术将各色图案印于纸上。上述鲁迅致郑氏信，提出了搜求、编辑、出版《北平笺谱》的动议，意在复壮中国传统木刻气脉，同时为自己倡导的域外木刻艺术提供养料。其时，鲁迅在上海，郑振铎在北平，二人书信往来，商讨出版笺谱事宜。这是一个近人所未涉及的领域。1933年，两位对木刻画有同嗜的大师在上海见面，并相约联手收集笺纸成为专书。

郑振铎在北平搜访笺样，他访遍了北京的琉璃厂海王村以及当年的荣宝斋、淳菁阁、松华斋、静文斋、懿文斋、清秘阁、成兴斋、宝晋斋、松古斋等，跑遍了北平二三十家南纸店。在荣宝斋，“一家不失先正典型的最大的笺肆”，他见到了林琴南的山水笺、齐白石的花果笺、吴待秋的梅花笺，以及齐王诸人合作的壬申笺、癸酉笺等，刻工极精。在淳菁阁，他很惊奇地发现了许多清隽绝伦的诗笺，特别是陈师曾所作的，“虽仅寥寥数笔，而笔触却是那样的潇洒不俗，转以十竹斋、萝轩诸笺为烦琐，为做作”。此外还搜集到了吴待秋、金拱北诸氏所作和姚茫父的唐画壁砖笺、西域古迹笺等。在松华斋，郑氏见到了陈师曾所作八幅花果笺以及陈半丁、齐白石二氏所作，“他们的大胆的涂抹，颇足以代表中国现代文人画的倾向”，郑氏对此行非常满意，认为收获不小。与此同时，鲁迅在上海收集笺纸数十种，但认为“皆不及北平；杭州、广州，则曾托友搜过一通，亦不及北平，且劣于上海，有许多则即上海笺也，可笑，但此或因为搜集者外行所致，亦未可定。总之，除上海外，而冀其能俨然成集，尽难矣。北平私人所用信笺，当有佳制，倘能亦作一集，甚所望也”。

鲁迅与郑振铎在编选《北平笺谱》的过程中合作非常愉快，也体现了文人和而不同的审美趣味。二人目标一致，分工又各有侧重，郑振铎主要负责在北京搜集笺样，邮寄给鲁迅审阅，由鲁迅决定取舍，同时进行辨伪、考订，如1933年10月2日，鲁迅再次复信说：“齐白石花果笺有清秘、荣宝两种，画悉同，而有一张上却都有上款，写明为‘△△制’，殊奇。细审之，似清秘阁版乃剽窃也，故取荣宝版。”

为协商具体事宜，此间鲁迅与郑振铎通信达15个回合，内容涉及访笺、选笺、商镌印、论装订、谈发行、定赠送等，包括笺谱名称、印纸选择、目录写法、笺页大小，以至于笺上直格、页码色泽等，不遗巨细，就许多技术性细节做了具体而微的壁画。如关于入选标准，先后议定：单色笺倘有佳作亦可加入若干；宋元书影笺可不加入，因其与《留真谱》(杨守敬编摹写古书首尾真迹的书）无大差别；大典笺（以明朝《永乐大典》书影印制的笺纸）亦可不要。比如签条，鲁迅自谦字太坏，“然而第一叶［页］及书签，却总得请书家一挥，北平尚多擅长此道者，请先生一找就是”，最后确定由沈兼士写签条。比如装帧设计，议定做一个布套，“末后附一页，记明某年某月限定印造一百部，此为第△△部云云，庶几足增声价。至三十世纪，必与唐版媲美矣”。

鲁迅从郑振铎陆续寄去的500张笺样中选出332种，根据不同内容，编成六册。鲁迅选编既定，郑振铎再与分存原版的九家店铺一一交涉，一一恳托。笺谱编定后，由鲁迅承担印费400元付印。鲁迅写《北平笺谱序》，郑振铎写《访笺杂记》。在《北平笺谱序》中，鲁迅曰:“北京夙为文人所聚，颇珍楮墨，遗范未堕，尚存名笺，顾迫于时会，苓［零］落将始，吾修好事，亦多杞忧，于是搜索市廛，拔其尤异，各就原版印造成书，名之曰《北平笺谱》。”此序言可谓中国版画发展史的纲领性文献。郑振铎则在《访笺杂记》中详细讲述了搜购画笺、交涉印刷、调查刻工姓名等经过。

1933年12月，《北平笺谱》由“纸墨良好，镌印精工，近时少有”(鲁迅）的荣宝斋刻印出版。此书于1933年2月5日开始谋划，9月份动手编排，至12月份印成，即在今天也堪称神速。书成时，鲁迅的投稿已被封锁，“即无聊之文字，亦在禁忌中”，所以自嘲：“但《北平笺谱》序或不至于‘抽毁’如钱谦益之作欤？”书共6册，分博古笺、花卉笺、古钱笺、山水笺、花果笺、月令笺、罗汉笺、指画笺、人物笺、动物笺、古佛笺、儿童画笺等，均由当时荣宝斋、淳菁阁、松华斋、静文斋、懿文斋、清秘阁、成兴斋、宝晋斋、松古斋等九家藏版选材刻就，收有现代制笺第一人林琴南的山水笺、陈师曾的诗笺、戴伯和的鹤笺、李柏霖的花卉笺、王振声的动物笺、姚茫父的唐画壁砖笺和西域古迹笺、齐白石的人物笺、吴待秋的梅花笺、陈半丁的花卉笺、王梦白的罗汉笺以及齐王诸人合作的壬申笺、清末为慈禧代笔的女画家缪素筠的花鸟笺等，均为诸笺之白眉。

《北平笺谱》售价12元，在当时确属奇昂，然犹一出即罄。鲁迅在1933年12月27日致台静农的信中说：“《北平笺谱》竟能卖尽，殊出意外，我所约尚有余，当留下一部。”次年1月11日，鲁迅在致郑振铎的信中说，他所约的20部《北平笺谱》，除各送台静农和魏建功一册外，“所余十八个，则都运上海，不能折扣矣”，执词颇硬，足见对此书的重视。同年2月，鲁迅不无欣慰地评价此书：“重行展阅，觉得实也不恶。此番成绩，颇在豫想之上也。”

《北平笺谱》“色调温氤、静雅足备”，以其古色斑斓、清隽绝伦的风格，充分表现了中国画的秀丽情调以及传统水印木刻工艺悠远的韵味，堪称民国时期艺术水平最高的传统版画集。面世后，被文人雅士当作案头清供，一时传为佳话。

作为中国木刻史的一大纪念和集大成者，《北平笺谱》和

1936年出全的《十竹斋笺谱》一道，把我国濒临失传的传统木刻水印工艺从故纸堆里抢救出来，善莫大焉。而现代文学史上的两位巨匠在搜集、出版《北平笺谱》过程中和而不同、精诚团结的协作态度，亦格外令人心仪。

“《二心集》被删剩的东西，书店改名《拾零集》”

——《拾零集》（1934 年 10 月）

《拾零集》，鲁迅的第十本杂文集，收国民党图书审查机关删除《二心集》文章后所剩的16篇杂文，1934年10月上海合众书店出版。

这一文集，相当于《二心集》的删减版，也可以视作国民党当局眼中的“洁本”。

鲁迅的书一直是国民党图书审查机关——中央图书杂志审查委员会严查的对象。“总而言之，不知何年何月，‘中央图书杂志审查委员会’到底在上海出现了，于是每本出版物上，就有了一行‘中宣会图书杂志审委会审查证……字第……号’字样，说明着该抽去的已经抽去，该删改的已经删改，并且保证着发卖的安全——不过也并不完全有效，例如我那《二心集》被删剩的东西，书店改名《拾零集》，是经过检查的，但在杭州仍被没收。”（《且介亭杂文二集》后记）

《二心集》由鲁迅一次性将版权卖给上海合众书店，于

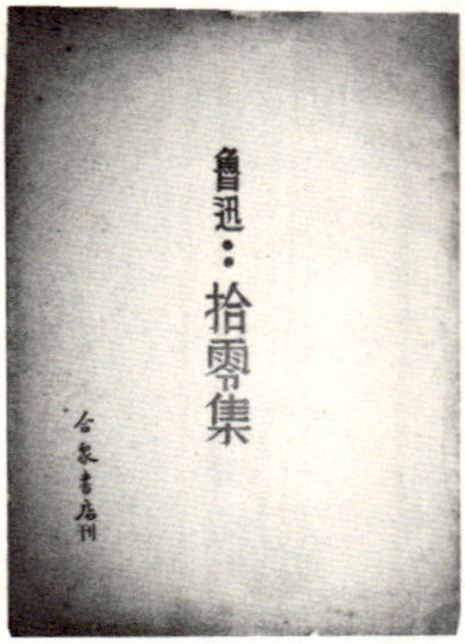

1932年10月出版，之后，被中央图书审查会列入149种查禁文艺书目。合众书店对此不服，要求重新审查，删去部分内容重新出版。《二心集》本有37篇文章，外加1篇译文，共38篇文章，结果被删掉了22篇，仅剩16篇，连原来的一半都不到。书店于是将这16篇文章归集到一起，重取书名为《拾零集》，意思是拾到的零七八碎的文章。

因《二心集》版权此前已以600元价卖给合众书店，鲁迅无权干涉，但他于1934年10月13日致信合众书店，表明了自己的态度："要将删余之《二心集》改名出版，以售去版权之作者，自无异议。但我要求在第一页上，声明此书经中央图书审查会审定删存；倘登广告，亦须说出是《二心集》之一部分，否则，蒙混读者的责任，出版者和作者都不能不负，我是要设法自己告白的。"鲁迅对出版之事的敬畏、对读者的尊重，于此可见。

1934年10月，合众书店出版了《拾零集》，但没有声明这是《二心集》的删存部分。

《拾零集》封面居中位置简单地竖排着作者名和书名：“鲁迅：拾零集”，左下印“合众书店刊”五字，均为黑色字体。封底印了“本书审查证审字五百五十九号”字样。版权页显示，此书实价二角五分，发行者上海四马路太和坊五号合众书店，民国廿三年（1934年）九月付印，民国廿三年十月出版。此书1947年5月由合众书店再次出版时，封面的黑色字体统一改为红色字体，版式则没有任何变化。

《拾零集》出版后，大受读者欢迎，至1941年共印行7次，其中4次遭到国民党当局的查禁。运到杭州去，也被没收，理由是：这里特别禁止。鲁迅说自己的文章“大约凡是主张改革的文章，现在几乎不能发表，甚至于还带累刊物。所以在日报上，我已经没有发表的地方”。（书信341231致刘炜明，下同）鲁迅对此评价说：“黑暗之极，无理可说，我自有生以来，第一次遇见。”

鲁迅认为，“我的文章，也许是《二心集》中比较锋利，因为后来又有了新经验，不高兴做了。敌人不足惧，最令人寒心而且灰心的，是友军中的从背后来的暗箭；受伤之后，同一营垒中的快意的笑脸。因此，倘受了伤，就得躲入深林，自己舐干，扎好，给谁也不知道。我以为这境遇，是可怕的。我倒没有什么灰心，大抵休息一会，就仍然站起来，然而好像终竟也有影响，不但显于文章上，连自己也觉得近来还是‘冷’的

时候多了”。（书信350423致萧军、萧红）

1935年7月，中央图书杂志审查委员会检查官项德言等七人因“《新生》事件”被撤职，审查委员会此后即解体，停止工作，合众书店便又重新出版了《二心集》。这本薄薄的《拾零集》因为特殊的境遇，“删改一通，弄得不成样子，像一个人被拆去了骨头一样”（书信341013致杨霁云），目前已成为新文学的珍本书。

“本集即愿做一个木刻的路程碑”

——《木刻纪程（一）》（1934年10月）

《木刻纪程(一)》，鲁迅编辑，1934年10月以“铁木艺术社”名义自费印行的木刻集，共收8位青年木刻工作者的木刻作品24幅，他们分别是何白涛、李雾城(陈烟桥)、陈铁耕、一工(黄新波)、陈普之、张致平(张望)、刘岘、罗清桢等。初版仅印120本，内山书店代售发行。

《木刻纪程（一）》的封面是鲁迅借用传统线装书形式装帧设计现代图书的又一尝试：封面为赭石底色，暖色调，封面上半部居中位置排列鲁迅手书“木刻纪程”四字，中间隔以黑色手绘横线。书名右侧通栏书扁长形的“壹”字。五个字隶书味浓，结体活泼，安排巧妙，显得典雅大气。扉页印有“一九三四年六月·铁木艺术社印行·一百二十本之一”字样。

此书的出版过程和意图可以从鲁迅书信、书中告白等资料中找到依据。

1934年5月28日，鲁迅在写给罗清桢的信中说："弟拟选中国作家木刻，集成一本，年出一本或两三本，名曰《木刻纪程》，即用原版印一百本，每本二十幅，以便流传，且引起爱艺术者之注意。先生之作，拟用《爹爹还在工厂里》，《韩江舟子》，《夜渡》，《静物》，《五指峰的白云》五种，但须分两期，不在一本内登完，亦无报酬，仅每幅赠书一本。不知可否以原版见借？倘以为可，则希即用小包寄至书店，印讫当即奉还也。"这封信说明了鲁迅印制木刻集的想法，即编选的木刻集不定期，自费印行，无报酬，每幅给作者赠书一本，原版用完奉还。

在当年5月31日写给郑振铎的信中，鲁迅说："近正在收集中国新作家之木刻，拟以二十幅印成一本，名之曰《木刻纪程》，存案，以觇此后之进步与否。"说明编印《木刻纪程》是为了留存备查，推动木刻进步。

1934年7月18日，“下午编《木刻纪程》并作序目讫”。8月14日，“编《木刻纪程》讫，付印”。10月3日，“《木刻纪程》(一) 印成，凡一百二十本”。

《木刻纪程（一)》中有一篇鲁迅的小引，以“铁木艺术社记”的形式附于书中。小记中回顾了中国木刻图画的历史，即“从唐到明，曾经有过很体面的历史”，“新的木刻，是受了欧洲的创作木刻的影响的”，而介绍创作木刻始于朝花社，四本《艺苑朝华》，“虽然选择印造，并不精工，且为艺术名家所不齿，却颇引起了青年学徒的注意”。1931年夏，上海有了中国最初的木刻讲习会，后来又有了木铃社、野穗社、无名木刻社、M.K.木刻研究社等，但接着又纷纷关停，有了停顿的危机。随着作者的努力的作品日渐精良，鲁迅认为，“倘没有鼓励和切磋，恐怕也很容易陷于自足”，“本集即愿做一个木刻的路程碑，将自去年以来，认为应该流布的作品，陆续辑印，以为读者的综观，作者的借镜之助”。

书中还贴有一则《木刻纪程》告白：

1.本集为不定期刊，一年两本，或数年一本，或只有这一本。

2.本集全仗国内木刻家协助，以作品印本见寄，拟选印者即由本社通知，借用原版。画之大小，以纸幅能容者为限。彩色及已照原样在他处发表者不收。

3.本集入选之作，并无报酬，只每一幅各赠本集一册。

4. 本集因限于资力，只印一百二十本，除赠送作者及选印关系人外，以八十本发售，每本实价大洋一元正。

5. 代售及代收信件处，为：上海，北四川路底，内山书店。

铁木艺术社谨告。

事实上，《木刻纪程》只出了这一本，再无续出，可见其珍稀程度。

那么，鲁迅对《木刻纪程》的印刷质量是否满意呢？并不满意。

“来信说印画用原版，我印《木刻纪程》时也如此的，不料竟大失败，因为原版多不平，所以用机器印，就有印出或印不出处，必须看木版稍低之处，用纸在机器上贴高，费时费力，而结果还是不好。所以倘用原版，只以手印为限，北平人工不贵，索性用手印，或手摇机印，何如？此一点，须于开印前和印刷局商量好，否则，会印得不成样子的。”（书信350118致唐诃）当时，唐诃、金肇野等人计划出版《全国木刻联合展览会专辑》（后未出版），请鲁迅写序，鲁迅回信时顺便为他们传授印画经验，认为手印最好。

“木刻用原版，只能作者自己手印，倘用机器，是不行的，因为作者大抵事前没有想到这一层，版面未必弄得很平，我印《木刻纪程》时，即因此大失败，除被印刷局面责外，还付不少的钱也。”（书信350214致金肇野）这是鲁迅在印书的过程中，唯一一次透露曾被印刷局“面责”，读之颇有趣。

《木刻纪程》得到了苏联美术批评家巴惠尔·艾丁格尔（Paul Ettinger）的评价，“说构图虽多简单，技术也未纯熟，但有几个是大有希望的”（书信350313致陈烟桥）。受到肯定的这几位作者是：罗清桢、何白涛、陈烟桥、张望等。

谈“风月”是表，谈“风云”才是里

——《准风月谈》（1934年12月）

《准风月谈》，鲁迅的第11本杂文集，收录鲁迅1933年6月至11月间所作杂文64篇，1934年12月上海联华书局以“兴中书局”名义出版，次年1月再版，1936年5月改由联华书局出版。包括《夜颂》《“吃白相饭”》《晨凉漫记》《秋夜纪游》《四库全书珍本》《男人的进化》《电影的教训》《喝茶》等。精印本每册实价大洋9角，版权页贴“鲁迅”白文章版权票一枚。

该书由鲁迅题签“准风月谈”四字，竖排于封面右侧偏上位置，下端加盖了一枚“旅隼”的朱文印章。“隼”为飞鹰，“旅隼”发音近于“鲁迅”。这一印章是齐白石的女弟子刘淑度所制，白石老人还修改了“旅”字中的一笔，使之结体更佳。刘淑度也是郑振铎和鲁迅合编《北平笺谱》时郑在燕京大学的助手。

从鲁迅书信可知，《准风月谈》1933年底就被联华书局的费慎祥约去了，“因恐使烈文先生为难，所以不即付印。现在

印起来，还是须照旧约的。对于群众［上海群众图书公司］，只好以俟将来了”。（书信340602致曹聚仁）信中“烈文”指黎烈文，当时受《申报》总经理史量才之聘，任该报副刊《自由谈》主编。鲁迅在《自由谈》上发表的杂文，以及《伪自由书》中的绝大部分文章，都是经他之手先行在副刊上发表出来的。

《自由谈》对时局的大胆干预，引起国民党上海市特别党部的忌恨。从1933年5月开始，国民党加紧了对《自由谈》的控制，审查日严，《自由谈》编者于1933年5月25日发表启事，说“这年头，说话难，摇笔杆尤难”，“吁请海内文豪，从兹多谈风月，少发牢骚，庶作者编者，两蒙其休”。但鲁迅仍用各种笔名在《自由谈》上发表杂文，并将其结集为《准风月谈》。

1934年3月10日，鲁迅作《准风月谈》前记：“自从中华民国建国二十有二年五月二十五日《自由谈》的编者刊出了‘吁请海内文豪，从兹多谈风月’的启事以来，很使老牌风月文豪摇头晃脑的高兴了一大阵，讲冷话的也有，说俏皮话的也有，连只会做‘文探’的叭儿们也翘起了它尊贵的尾巴。但有趣的是谈风云的人，风月也谈得，谈风月就谈风月罢，虽然仍旧不能正如尊意。”道出了“谈风月”的众生相，也道出了鲁迅的杂文，谈“风月”是表，谈“风云”才是里。

鲁迅还比较了日本刊物被删与中国刊物被删的区别，留存了一条极有价值的资料：“日本的刊物，也有禁忌，但被删之处，是留着空白，或加虚线，使读者能够知道的。中国的检查官却不许留空白，必须接起来，于是读者就看不见检查删削的痕迹，一切含胡［糊］和恍忽［惚］之点，都归在作者身上了。这一种办法，是比日本大有进步的，我现在提出来，以存中国文网史上极有价值的故实。”

1934年10月，《准风月谈》编定。10月16日夜，鲁迅花了大半夜工夫，边写边剪贴报刊文章，“粘”了一条不小的尾巴作为后记，写到背脊“已经觉得有些痛楚的时候”终于带住。他说：“这六十多篇杂文，是受了压迫之后，从去年六月起，另用各种的笔名，障住了编辑先生和检查老爷的眼睛，陆续在《自由谈》上发表的。”“内容也还和先前一样，批评些社会的现象，尤其是文坛的情形。”

由于审查日严，不能做文章，鲁迅就整理旧稿，年底“粘”成了一本书。“今年三月间，才想付印，做了一篇序，慢慢的排，校，不觉又过了半年，回想离停笔的时候，已是一年有余了，时光真是飞快。但我所怕的，倒是我的杂文还好像说着现在或甚而至于明年。”鲁迅一直希望自己的文章“速朽”，但是好像永远也不过时，这正是中国社会的无奈与悲哀之处。

“将来也未必再有此刻工和印手”

——《十竹斋笺谱》（1934年12月）

鲁迅与郑振铎联手打造的《北平笺谱》出版后，京沪一时纸贵，这为他们在木刻领域再度合作开了路。《十竹斋笺谱》正是鲁迅与郑振铎二度联手翻刻的水印木刻笺纸集，于1934年12月正式出版。可视作《北平笺谱》的姊妹篇。

《十竹斋笺谱》采用中国古籍传统装帧法，蓝色洒金笺封面，设色雅致，于非闇题签。于非闇（1889—1959），近现代中国画家，原籍山东蓬莱，出生于北京。民国间曾任教于私立华北大学美术系，兼任古物陈列所附设国画研究馆导师。

此书第一卷扉页后附有翻印说明（原无标题、标点）：“中华民国二十三年十二月，版画丛刊会假通县王孝慈先生藏本翻印。编者鲁迅，西谛；画者王荣麟；雕者左万川；印者崔毓生，岳海亭；经理其事者，北平荣宝斋也。纸墨良好，镌印精工，近时少见，明鉴者知之矣。”

《十竹斋笺谱》原是明末胡正言所编木版彩色水印诗笺图

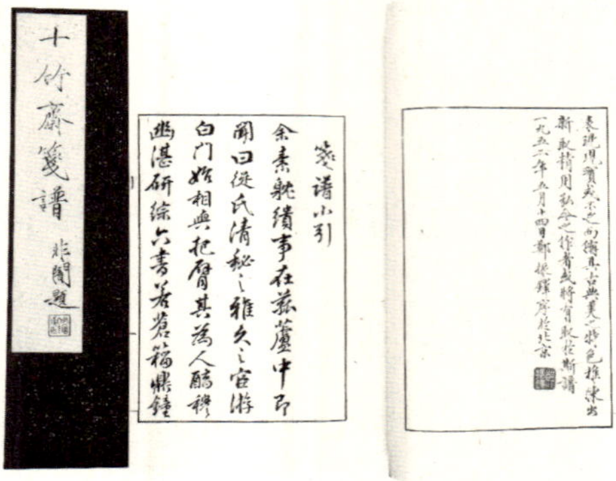

谱，共四卷，收图280余幅，明崇祯十七年（1644年）印行，堪称明代木刻版画中成就最高的集大成者。《十竹斋笺谱》刻成时，正值李自成攻陷北京，由于明朝覆灭与清兵入关等诸多战争原因，该书原版印数极少，20世纪初国内已难得一见。为了翻刻《十竹斋笺谱》，郑振铎曾向日本文求堂书店的店主田中庆太郎借过母本，但文求堂说已经售出。至《十竹斋笺谱》翻刻时，内山书店的店员从东京来，称看到过《十竹斋笺谱》，鲁迅分析，这是文求堂发觉《十竹斋笺谱》奇货可居，故囤而不卖，待价而沽。

鲁迅与郑振铎翻刻的《十竹斋笺谱》母本是1933年郑振铎设法从通县王孝慈鸣晦庐借得的。王氏“家藏版画最多，精品尤夥。年来颇有散失，然精品尚多存者。他爱之如性命；其好之之专，嗜之之笃，我辈实所不及”。（郑振铎）《十竹斋笺谱》四册计283幅，但王孝慈藏本仅261幅，缺22幅。

郑振铎在上海请鲁迅欣赏并提议翻刻，鲁迅力促其成，他对郑氏说：“如先生觉其刻本尚不走样，我以为可以进行，无论如何，总可以复活一部旧书也。”从此，郑振铎和鲁迅开始着手翻印《十竹斋笺谱》。

1934年2月15日，鲁迅致台静农信，谈及刻书之事：“西谛藏明版图绘书不少，北平又易于借得古书，所以我曾劝其选印成书，作为中国木刻史。前在沪闻其口谈，则似意在多印图而少立说。明版插画，颇有千篇一律之观，倘非拔尤绍介，易令读者生厌，但究竟胜于无有，所以倘能翻印，亦大佳事，胜于焚书卖血万万矣。”可知对于选印图谱，郑氏偏向于多印图而少立说，鲁迅则偏向于选优绍介。但这仅仅是编书技术方面的分野，两人的艺术主张，则不存在明显分歧，这是他们能顺利合作的基础。

按鲁迅和郑振铎的计划，《十竹斋笺谱》以版画丛刊会的名义付之荣宝斋每月陆续翻印。鲁迅将其编印《北平笺谱》所得51.7元作为助印《十竹斋笺谱》的首批费用，并表态愿意承担此后的费用：“每月刊刻《十竹斋笺谱》费用，则只要先生将数目通知，仍当案目另寄。”(书信340310致郑振铎) 后来又重申：“刻工的工钱，是否以前已由先生付出？便中希见告：何月起，每月每人约若干。以便补寄及续寄。”(书信340326致郑振铎)

刻此书，难度极高，费工费时，工程浩大。特别是“（北平）雕工、印工现剩下三四人，大部陷入可怜的境遇中，这班人一死，这套技术也就完了”(鲁迅1934年3月致增田涉)。在翻刻《十竹斋笺谱》的过程中，鲁迅的指导作用显而易见，此期他和郑振铎书信往返甚密，或探讨印色：“《十竹斋笺谱》山水，复刻极佳，想当尚有花卉人物之类，倘然，亦殊可观。古之印本，大约多用矿物性颜料，所以历久不褪色，今若用植物性者，则多遇日光，便日见其淡，殊不足以垂远。”或商量版本，念念不忘制作普及版：“另选百二十张以制普及版，也是最要紧的事，这些画，青年作家真应该看看了。”或商讨纸张：“旧纸及毛边，最好是不用，盖印行之意，广布者其一，久存者其二，所以纸张须求其耐久。倘办得到，不如用黄罗纹纸，买此种书者必非精穷人，每本贵数毛当不足以馁其气。”此后数月反复选择、比较纸张，分别考虑了“罗甸纸”(与连史纸相类)、毛太纸、日本纸、黄色罗纹纸、染色罗纹纸、毛边纸等，后来敲定用《北平笺谱》那样的真宣。

《十竹斋笺谱》吸收中国古籍“墨围”和“牌子”的样式，创造了一种新的版权页形式。鲁迅与罗清桢说：“我想这回不如另出新样，于书之最前面加一页，大写书名，更用小字写明借书人及刻工等事，如所谓‘牌子’之状，亦特别致也。”鲁迅的“新样”不仅是为了“别致”，还为了尊重原版藏书人和刻工。

1934年6月，鲁迅看了荣宝斋试刻的样品后认为复刻极佳：“《笺谱》刻的很好，大张的山水及近于写意的花卉，尤佳。”于是对出版时间提出了建议：“此书最好是赶年内出版，而在九或十月中，先出珂罗版印者一种。我想，购买者的经济力，也应顾及，如每月出一种，六种在明年六月以内出全，则大多数人力不能及，所以最好是平均两月出一种，使爱好者有回旋的余地。”于是将翻刻《十竹斋笺谱》的重任正式托付给荣宝斋。

《十竹斋笺谱》的刻印，由荣宝斋的强手王宗光等人雕版，徐庆儒印制。第一卷翻刻耗时整一年，于1934年12月正式出版。1935年4月，鲁迅致信郑振铎评价《十竹斋笺谱》：“翻刻成绩确不坏，清朝已少有此种套版佳书，将来也未必再有此刻工和印手。”

鲁迅此后多次嘱咐郑振铎让荣宝斋加快翻刻，1936年9月，在给郑振铎的信中特别关切地提到：“《十竹斋笺谱》(二) 近况如何？此书如能早日刻成，乃幸！”郑振铎说：“刻至第二卷，孝慈卒；复与其嗣君达文、达武商，欲继续刊刻。惟孝慈家事极窘迫，不能不尽去所藏以谋葬事。笺谱遂归之北平图书馆。”但由于日本进逼华北，局势动荡，再加之资金发生困难，以至翻刻中辍。1936年10月鲁迅逝世后，郑振铎处境亦颇凄凉，但他坚持继续未竟之业。由于王孝慈《十竹斋笺谱》藏本所缺22幅画无法弥补，郑氏本想就此了结，岂料天助人意，1940年冬，郑氏友人徐绍樵意外地在江苏淮城为他寻到另外一部明版《十竹斋笺谱》藏本，补齐了所缺22幅画中的21幅，全书四册翻刻工作终于1941年6月功成，前后长达七年之久。

《十竹斋笺谱》被鲁迅誉为“明末清初士大夫清玩文化之最高成就”，鲁迅与郑振铎二度联手翻刻此书，不仅传为文坛佳话，也创造了培植现代版画的肥沃土壤，其功永载现代美术史。

“这本子，我自己是全没费过力的”

——《集外集》（1935 年 5 月）

《集外集》，杨霁云编，鲁迅的第一本佚文集，是鲁迅1933年以前出版的杂文集中未曾编入的诗文合集。书中收杂文26篇、新诗6首、旧体诗13首，另有附录《〈奔流〉编校后记》11则，1935年5月由上海群众图书公司出版，作者生前只印行一版次。实价大洋8角，版权页贴“鲁迅”白文章版权票一枚。

《集外集》的书名为鲁迅所定，经鲁迅亲自校订并作序。1934年12月，鲁迅在写给杨霁云的信中说:“集名还是《集外集》好；稿已看了一遍，改了几处。”

《集外集》封面未作修饰，仅在居中位置竖式排印鲁迅手书“集外集”三字和作者名。封底居中位置排印“群众图书公司刊／上海四马路中市”字样。

编者杨霁云是江苏常州人，文化工作者，当年仅24岁。他是较早为“吉光片羽皆足珍贵的文化巨人”鲁迅搜集佚文的人士。关于《集外集》的编辑动机，杨霁云1934年12月21日为

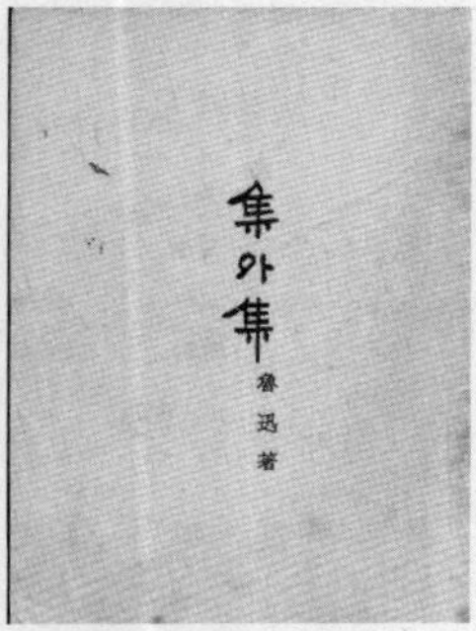

此书所写的《编者引言》中说：“在两年前的某一天，偶然翻起《语丝》的汇订本，看到了一篇作者的《记杨树达君的袭来》，猛忆这一篇好像是在《华盖集》中没有见过吧；拿起《华盖集》来一翻，果然没有，于是感到鲁迅先生的文章，在他的文集中是有遗漏的。因个人爱好鲁迅先生文章的积习，就将文集中没有的文章陆续的看见就钞起来了。这不过是自己为‘自私’并爱‘全’的一种心念所驱使，毫没有想拿它来印成一本书的意思。”偶然的发现引起了杨霁云搜集鲁迅佚文的兴趣，他开始翻阅《语丝》《京报副刊》《莽原》《奔流》等鲁迅参与编辑或经常投稿的报刊，收获日多。同时，通过写信向鲁迅请教，与鲁迅关系日近。

杨霁云搜集佚文和鲁迅通信之初，鲁迅对此并无太大热情，回信说：“我的不收在集子里的文章，大约不多，其中有些是遗漏的，有些是故意删掉的，因为自己觉得无甚可取。”

其原因，鲁迅在后来的《序言》中说得很明白："或者因为不过对于一人，一时的事，和大局无关，情随事迁，无须再录；或者因为本不过开些玩笑，或是出于暂时的误解，几天之后，便无意义，不必留存了。"

但鲁迅还是为杨霁云提供了不少线索，并特别指出自己最早的小说并非《狂人日记》，只是由于鲁迅已忘记题目和笔名，且记错了发表刊物，因此，杨霁云没有找到发表在《小说月报》上的《怀旧》。后来这篇文言小说由许广平收进了《集外集拾遗》。

杨霁云艰难的辑佚工作使鲁迅的态度越来越积极，他表示"未印之拙作，竟有如此之多，殊出意外"。当杨霁云请鲁迅为文集作序时，鲁迅虽"生病将近一月，尚无力气"，但还是在两周后的1934年12月20日夜作好序言。其中说："中国的好作家是大抵'悔其少作'的，他在自定集子的时候，就将少年时代的作品尽力删除，或者简直全部烧掉……但我对于自己的'少作'，愧则有之，悔却从来没有过。""但使我吃惊的是霁云先生竟抄下了这么一大堆，连三十多年前的时文，十多年前的新诗，也全在那里面。这真好像将我五十多年前的出屁股，衔手指的照相，装潢起来，并且给我自己和别人来赏鉴。"

鲁迅在序言末说："我惭愧我的少年之作，却并不后悔，甚而至于还有些爱，这真好像是'乳犊不怕虎'，乱攻一通，虽然无谋，但自有天真存在。""我佩服会用拖刀计的老将黄汉升，但我爱莽撞的不顾利害而终于被部下偷了头去的张翼德；我却又憎恶张翼德型的不问青红皂白，抡板斧'排头砍去'的李逵，我因此喜欢张顺的将他诱进水里去，淹得他两眼翻白。"写得充满感情，坦诚之至，精彩极了。

《集外集》由群众图书公司出版与曹聚仁大有关系。此前，曹聚仁代群众图书公司向鲁迅拉稿，但因北新书局交涉，此事未成，《伪自由书》还是交由北新出版，对此，鲁迅抱歉地说："对于群众，只好以俟将来了。"等杨霁云编好《集外集》，曹再次拉稿时终于成功，也算鲁迅还了曹聚仁一个人情。

《集外集》付印时，鲁迅特意叮嘱给他留出10本毛边本："《集外集》付装订时，可否给我留十本不切边的。我是十年前的毛边党，至今脾气还没有改。但如麻烦，那就算了，而且装订作也未必肯听，他们是反对毛边的。"（书信350410致曹聚仁）鲁迅的这段话被后世的毛边本爱好者津津乐道，引用无算。

本书出版前送交国民党图书杂志审查委员会审查，封面原题"鲁迅：集外集"，被改为"集外集 鲁迅著"。同时，鲁迅的9篇杂文和杨霁云的《编者引言》被删。鲁迅对这种审查非常不满，在写给曹靖华的信中说："这里的出版，一榻胡［塌糊］涂，有些'文学家'做了检查官，简直是胡闹。去年年底，有一个朋友收集我的旧文字，在印出的集子里所遗漏或删去的，钞了一本，名《集外集》，送去审查。结果有十篇不准印。最奇怪的是其中几篇系十年前的通信，那时不但并无现在之'国民政府'，而且文字和政治也毫不相关。但有几首颇激烈的旧诗，他们却并不删去。"（书信350207致曹靖华）

《集外集》体现了热心读者杨霁云坚持不懈的努力和鲁迅提携后进的风范。鲁迅把《集外集》的搜集、编辑和出版视作杨霁云的功劳，因此表态不要版税，因为“这本子，我自己是全没费过力的”。杨霁云坚持版税还是归鲁迅，鲁迅只得说：“版税，给我一半，我也同意，大约我如不取其半，先生也一定不肯干休的。”

杨霁云搜集鲁迅佚文的习惯保持了一生。1946年许广平为《鲁迅书简》写编后记时还特意写到杨霁云，说他不但挂念着鲁迅遗著的出版，“且不惜亲自拨出奔走衣食的时间，助我把日记、书简复写抄存……历时数月……抄未及半，杨先生右手中指，已结成黄豆大的一粒硬茧了”。

“我不想怎么装饰它了”

——《表》（1935 年 7 月）

《表》，苏联儿童文学作家班台莱耶夫（Panteleev）作于1928年的童话，鲁迅1935年1月1日至12日译成，上海生活书店1935年7月出版，每册实价大洋4角。

班台莱耶夫，原为流浪儿，1921年进入以陀思妥耶夫斯基命名的流浪儿学校，1925年开始发表作品，著有《表》《文件》《我们的玛莎》等，以及高尔基、马尔夏克等的回忆录。班台莱耶夫的作品深受一代又一代俄罗斯儿童喜爱，是俄罗斯儿童文学的经典之作。

《表》为精装插图本，封面右上凹印一帧勃鲁诺·孚克（Bruno Fuk）的插图，左下依次排印着：“表 /L. 班台莱耶夫著 / 勃鲁诺·孚克绘 / 鲁迅译 / 译文社印 / 生活书店发行”。除书名“表”字号较大外，其他文字均为普通字号。这一简洁的封面是鲁迅的想法：“《表》能够通过，那总算是好的，但对于这译本，我不想怎么装饰它了，至多，就用《译文》上的原版，

另印一点桃林纸的单行本，就好。”（书信350316致黄源）

《表》扉页上印有“译文丛书插图本”字样，这是否即是鲁迅信中所说的“桃林纸的单行本”，尚无从判断，待考。

《表》以一个浪迹社会底层的少年的视角，写出社会环境和劳动对人的精神境界的深刻影响。鲁迅在《译者的话》中说，《表》依据的是1930年柏林出版的爱因斯坦（Maria Einstein）女士的德译本，翻译的时候，日本槙本楠郎的日译本《金时计》（东京乐浪书院印行）给了他极大的帮助。“译成中文时，自然也想到中国。十来年前，叶绍钧先生的《稻草人》是给中国的童话开了一条自己创作的路的。不料此后不但并无蜕变，而且也没有人追踪，倒是拼命的在向后转。”因为其时新印出来的儿童书，依然是司马温公敲水缸、岳武穆王脊梁上刺字，甚至于“仙人下棋”“山中方七日，世上已千年”等故事。“这些故事的出世的时候，岂但儿童们的父母还没有出世呢，连高祖父母也没有出世，那么，那‘有益’和‘有味’之处，也就可想而知了。”为此，从“立儿童”的价值追求出发，鲁迅便着手翻译《表》，用他自己的话讲，是“亦尚存希望于将来耳”(书信350108致郑振铎)。“在开译以前，自己确曾抱了不小的野心。第一，是要将这样的崭新的童话，绍介一点进中国来，以供孩子们的父母，师长，以及教育家，童话作家来参考；第二，想不用什么难字，给十岁上下的孩子们也可以看。”

鲁迅是1935年元旦前后开手翻译《表》的，一开译，就碰到钉子了，“孩子的话，我知道得太少，不够达出原文的意思来，因此仍然译得不三不四”。体会是“竟比做古文还难”:“新年三天，译了六千字童话，想不用难字，话也比较的容易懂，不料竟比做古文还难，每天弄到半夜，睡了还做乱梦，那里还会记得妈妈，跑到北平去呢?”(书信350104致萧军、萧红)

为了赶译《表》，鲁迅都生了一场病，但终于译成了:“前几天的病，也许是赶译童话的缘故，十天里译了四万多字，以现在的体力，好像不能支持了。但童话却已译成，这是流浪儿出身的Panterejev做的，很有趣，假如能够通过，就用在《译文》第二卷第壹号(三月出版)上，否则，我自己印行。”(书信350121致萧军、萧红)

《表》最终出了《译文丛书》的插画本，且仅出了这一种。“插画本大如《奔流》，我看是够了，再大，未免近于浪费。但往日本印图或者也须中止，因为不便之点甚多，俟便中面谈。”(书信350402致黄源)

在出版的过程中，还发生了一件将《表》编为电影的小插曲。1935年4月20日《时事新报·新上海》报道了《金时计》即将开拍的消息，称蔡楚生"于旬日内埋头之下，完成其《金时计》（暂名）剧本。关于此剧骨干，系取材于俄国作家L. Panteleev之杰作，为增强剧力及适合国情计，更益以精隽之补充，而成为一非常动人之影剧"。《金时计》即《表》。鲁迅在报纸上看到这消息后说："倘取其情节，而改成中国事，则我想：糟不可言！我极愿意这不成为事实。"（书信350421致孟十还）《表》最终是否搬上了电影，未知，但鲁迅显然不愿电影人破坏《表》原生的童话力量，故做出了"糟不可言"的断言，这也代表着鲁迅对其时电影的态度。

《表》中有22幅小幅插画，是从德译本复制下来的，作者是德国插画家勃鲁诺·孚克，当时并不知名，但鲁迅此前二三年常常看见他为新的作品作画，"大约还是一个青年罢"。

一部盛装问世“报私仇”的书

——《支那小说史》（1935年7月）

一

《支那小说史》，鲁迅《中国小说史略》的日译本，增田涉译，日本东京赛棱社昭和十年（1935年）7月出版。

此书为墨绿色麻布精装，书脊上竖排“支那小说史”几个大字，下端并列“鲁迅著，增田涉译”金字，开本阔大，书顶刷金，版权贴票，重磅道林纸印制，书品端庄厚重，是一部豪华的皇皇巨册，历经近百年岁月剥蚀仍然难掩金碧辉煌的贵族气质。

装帧与题签均为三上于菟吉（1891—1944），日本小说家，赛棱社社长，可见该社对这部力作的重视。

这是鲁迅生前非常重视的一个版本，称之为“装帧上相当豪华的本子”，“我写的东西以这样的盛装问世，这还是第一次”（1935年致山本初枝）。“《中国小说史》豪华的装帧，是我

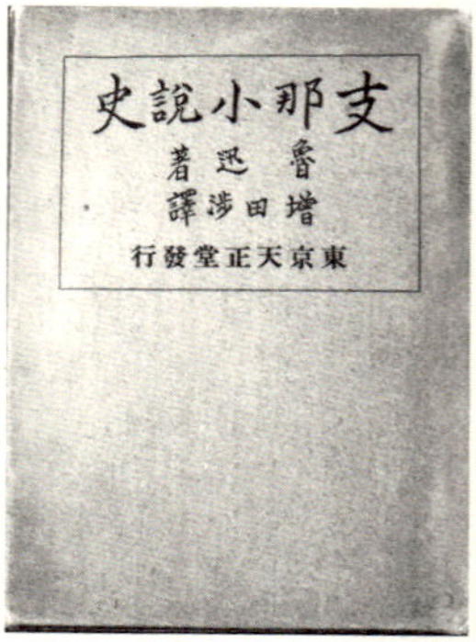

有生以来，著作第一次穿上漂亮服装。我喜欢豪华版，也许毕竟是小资产阶级的缘故罢。”(致增田涉)

笔者所见的一册《支那小说史》初版本，除版权票，还有一处藏书标志，在封二右上角，为天蓝色纸片，植物纹缠绕，文字分为四行，自上而下分别是：

MAMPO-SHOBO

KICHIJOJI

万宝书房

东京·吉祥寺

MAMPO-SHOBO意为“万宝书房”，KICHIJOJI意为“吉祥寺”。吉祥寺是东京都武藏野市以吉祥寺车站为中心的区域及同市的广域地域名。可知这本书是位于吉祥寺的“万宝书房”所售。

笔者玩赏版本有年，这类有书店标志的外文书，还是第一次见到，颇觉新奇和珍贵。

二

出版《中国小说史略》日译本，是鲁迅和增田涉两人的大事。

增田涉（1903—1977），日本的中国文学研究家，鲁迅的“日本徒弟”，上大学时就仰望着鲁迅：“听过盐谷温先生的中国小说史的讲课，在那时……被认为在小说史方面是最高的成就。正在那时候，出现了鲁迅的《中国小说史略》，那材料的丰富和体系的完整使人惊异。……他给予新的研究的启发是不少的。受了他的刺激，盐谷先生完成了明代小说三言二拍的研究，弄明白《今古奇观》的成立系统。我和长泽规矩也君、辛岛骁君同去上野图书馆查考《醒世恒言》，查考三言的编者冯梦龙，……那都是以《中国小说史略》做引导……我深感到《中国小说史略》是中国小说史的划时代名著……作者的确是惊人的学者。”（《鲁迅印象记》）

从增田涉此文可知，日本学术界研究中国小说是以《中国小说史略》为引导的，该作并不像当时国内一些学者如顾颉刚、陈源等所认为的那样，有抄袭成分。

1931年3月，增田涉到上海，经内山完造介绍与鲁迅认识，然后在鲁迅的亲自指导下，将《中国小说史略》译成日文。增田涉对《中国小说史略》的翻译过程有详细记述：“我把小说史的原文逐字译成日文念出来，念不好的地方他给以指教，关于字句、内容不明白的地方我就彻底地询问。在字句方面的解释，是简单的，在内容方面，就要加以种种说明……大约从午后两点或三点开始，继续到傍晚的五点或六点。当然也有时转入杂谈……大概有三个月的时间……”(《鲁迅印象记》)

可以说，增田涉翻译鲁迅的《中国小说史略》，享受了规格很高的待遇，可以“彻底地询问”。鲁迅精通日文，“在字句方面的解释，是简单的”，这是尊重译者的译笔。而“在内容方面，就要加以种种说明”，这是加以指导。

1935年6月9日，鲁迅在为《中国小说史略》日译本作序时，也回忆了其时的情形：“大约四五年前罢，增田涉君几乎每天到寓斋来商量这一本书，有时也纵谈当时文坛的情形，很为愉快。那时候，我是还有这样的余暇，而且也有再加研究的野心的。但光阴如驶，近来却连一妻一子，也将为累，至于收集书籍之类，更成为身外的长物了。改订《小说史略》的机缘，恐怕也未必有。所以恰如准备辍笔的老人，见了自己的全集的印成而高兴一样，我也因而高兴的罢。”

1931年12月，增田涉要回国，鲁迅便作了一首诗送他，诗中充满了对日本风光的向往：“扶桑正是秋光好，枫叶如丹照嫩寒。却折垂杨送归客，心随东棹忆华年。”

四年之后，《中国小说史略》在日本得到了出版的机会。

1935年4月30日，鲁迅致信增田涉："《小说史略》有出版的机会，总算令人满意。对你的尽力，极为感谢。'合译'没有意思，还是单用你的名字好。序文日后写罢。"同年6月10日，鲁迅致信增田涉："《中国小说史》序文呈上，由于忙和懒，写得芜杂，祈大加斧正，使成佳作，面目一新。结尾部分，请将社长名字放进去。"社长即三上于菟吉。在日译本序文里，鲁迅说："听到了拙著《中国小说史略》的日本译《支那小说史》已经到了出版的机运，非常之高兴，但因此又感到自己的衰退了。""这一本书，不消说，是一本有着寂寞的运命的书。然而增田君排除困难，加以翻译，赛棱社主三上於菟吉氏不顾利害，给它出版，这是和将这寂寞的书带到书斋里去的读者诸君，我都真心感谢的。"鲁迅也向增田透露："近来不知是由于压迫加剧，生活困难，还是年岁增加，体力衰退之故，总觉得比过去烦忙而无趣。四五年前的悠闲生活，回忆起来，有如梦境，这种心情，在序言中也有所流露。"

随着日译本《中国小说史略》出版的推进，鲁迅也在致友人的信中不停表达欣喜的心情。1935年6月27日鲁迅致山本初枝："增田一世所译我的《中国小说史略》，已发排，由'赛棱社'出版，好像还准备出豪华版。我的书这样盛装问世，还是第一次。"

日译本《中国小说史略》在日本出版后，1935年8月1日，鲁迅致信增田涉，兴奋之情溢于言表："所赠《中国小说史》尚未收到，但内山书店则收到五册。我先买一册来读。引文中有原文、有注释，而且用了两种字体，校对想必是困难的，很感谢。我买的那一册，已经送给山本太太，否则她一定又要破费五元，那就抱歉了。今天到书店一看，书只剩一册，都是和我相熟的人买去的。其实是老板要他们买的，似乎在大做宣传。”此前7月30日的日记中也记：“买《支那小说史》一本，五元。即寄赠山本夫人。”

1935年8月6日，鲁迅收到东京赛棱社寄来的五部《支那小说史》，即以一部赠镰田君。此后先后赠谷非（胡风）、小岛君、圆谷弘教授各一。可能是这本书过于豪华，数量较少，除胡风外，未见到鲁迅赠送国内其他朋友的记录，在现存同时期信件中，也未见鲁迅对国内友人提及此书。

三

鲁迅为何如此重视日译本《中国小说史略》的出版呢？

这与此书刚在国内出版时被批评“抄袭”日本学者著述的不快经历有关。鲁迅认为日译本的出版，是经十年之久，“我竟报复了我个人的私仇”。

《中国小说史略》是鲁迅在北京大学授课讲义的基础上扩充、修改成书的，分上下两册，由北京新潮社分别于1923年和1924年出版，之后学界也有批评之声。

一类是鲁迅自己认可的批评，如胡适、钱玄同的批评。胡适评论《中国小说史略》“论断太少”，是坦诚又深中肯綮的意见，鲁迅不以为忤。他说：“论断太少，诚如所言；玄同说亦如此。”那时鲁胡关系密切，鲁迅有时还托胡适办事，对于胡适的意见，鲁迅是重视的，也是听得进去的。

另一类是鲁迅不接受不认可的批评，如顾颉刚、陈西滢的批评。由于鲁迅的《中国小说史略》比盐谷温的《支那文学概论讲话》晚出世，因此陈西滢说，鲁迅的《中国小说史略》，“就是根据日本人盐谷温的《支那文学概论讲话》里面的‘小说’一部分”，批评“史略”有抄袭“概论讲话”之嫌。鲁迅在《不是信》（1925年2月1日）一文中回复陈西滢：“盐谷氏的书，确是我的参考书之一，我的《小说史略》二十八篇的第二篇，是根据它的，还有论《红楼梦》的几点，和一张《贾氏系图》，也是根据它的，但不过是大意，次序和意见就很不同。”这一回答平和，没有激愤之辞，没有骂“叭儿狗”。

鲁迅的《中国小说史略》之后，又出了几种小说史，鲁迅认为都“凌乱错误”，他看不上，甚至包括胡适的《白话文学史》。他于1929年10月26日致章廷谦的信中写道：“适之的《白话文学史》也不见得好。”这时鲁胡关系因二人政治倾向不同，已经走向破裂，鲁迅讽刺陈西滢、凌叔华和胡适走得近是“物以类聚”。1933年，鲁迅骂胡适“出卖灵魂”，“粉饰反动统治”，充当“日本帝国主义军师”。同时，鲁迅与顾颉刚、陈西滢终身结怨且不宽恕。到了1936年1月1日，鲁迅在《〈且介亭杂文二集〉后记》中又提到此事，措辞相当严厉：

……经十年之久，我竟报复了我个人的私仇。当一九二六年时，陈源即陈西滢教授，曾在北京公开对于我的人身攻击，

> 说我的这一部著作，是窃取盐谷温教授的《支那文学概论讲话》里面的“小说”一部分的……现在盐谷温教授的书早有中译，我的也有了日译，两国的读者，有目共见，有谁指出我的“剽窃”来呢？呜呼，“男盗女娼”，是人间大可耻事，我负了十年“剽窃”的恶名，现在总算可以卸下，并且将“谎狗”的旗子，回敬自称“正人君子”的陈源教授，倘他无法洗刷，就只好插着生活，一直带进坟墓里去了。

也就是说，借着盐谷温《支那文学概论讲话》中译本的出版，及自己《中国小说史略》日译本的出版，鲁迅在离世前不久，终于出了一口恶气，将积压胸中十年对陈源的恨都发泄出来了。

相比较而言，胡适则平和得多。鲁迅去世后，胡适曾在致苏雪林信中论及鲁迅的《中国小说史略》:“鲁迅自有他的长处。如他的早年文学作品，如他的小说史研究，皆是上等工作。通伯先生（陈源）当日误信一个小人张凤举之言，说鲁迅之小说史略是抄袭盐谷温的，就使鲁迅终生不忘此仇恨！现今盐谷温的文学史已由孙俍工译出了，其书是未见我和鲁迅之小说研究以前的作品，其考据部分浅陋可笑。说鲁迅抄盐谷温，真是万分的冤枉。盐谷一案，我们应该为鲁迅洗刷明白。”

胡适在鲁迅身后为鲁迅洗刷了冤枉，直是一等正人君子。

无论是否懂日文，手持一部初版《支那小说史》，依然可以联系到这部著作引发的现代文坛公案，享受到这部“盛装问世”的豪华版所带来的快乐。

“从各方面描写俄罗斯国民性的种种相”

——《俄罗斯的童话》（1935 年 8 月）

《俄罗斯的童话》，高尔基著，发表于1912年，1918年出版单行本，鲁迅据日本高桥晚成译本，于1934年9月至1935年4月间译成中文，1935年8月由上海文化生活出版社出版，列为《文化生活丛刊》第三种。平装实价3.5角，精装实价5.5角。封底居中印有文化生活出版社的社标，左下角印有书价。

高尔基（1868—1936），苏联无产阶级作家，著有长篇小说《福玛·高尔捷耶夫》《母亲》和自传体三部曲《童年》《在人间》《我的大学》等。

《俄罗斯的童话》内收童话16篇，前9篇曾陆续发表于《译文》月刊第一卷第二至第四期及第二卷第二期（1934年10月至12月及1935年4月），后7篇则因“得检查老爷批云意识欠正确”未能继续刊登，后与已发表过的9篇同印入单行本。

《俄罗斯的童话》的封面使用绿色的双实线框，外框粗，内框细，框内自上而下排列着规则的文字：“高尔基作 / 鲁迅

译 / 俄罗斯的童话 / 文化生活丛刊 / III。”

《文化生活丛刊》是上海文化生活出版社策划出版的一套丛书。1935年，留日学生吴朗西联合好友创立了上海文化生活出版社，印行的第一本书是白石（许天虹）译《第一次世界大战》，第二本书是丽尼译法国纪德中篇小说《田园交响乐》，两本译著均冠以“文化生活丛刊”字样发行，并以巴金的名义为主编。有趣的是，此时的巴金还远在东京。很快，吴朗西写信给巴金，恳请他回国主持编辑业务。同年8月，巴金回到上海，进入文化生活出版社。后来巴金在《〈散文诗〉译后记》中回忆：“1935年5月我在东京开始试译屠格涅夫的《散文诗》，当时颇想在半年内完成这件小小的工作。可是后来不知道为了什么缘故，只译了十首就搁了笔，现在回想起来，文化生活出版社的创办应该是一个原因。但这并非说我是文化生活出版社的创办人。不是。我回国时文化生活出版社的第三本书已经在排印中了。”

巴金所说的第三本书，正是《文化生活丛刊》第三种——鲁迅译高尔基《俄罗斯的童话》。从丛刊的第四本即吴朗西选编的德国亨利·遮勒的《柏林生活素描》开始，巴金才正式主编《文化生活丛刊》，此丛刊前后共出了46种，选题上侧重文学、大众哲学和社会史，收录译作以苏俄作品为主，如列夫•托尔斯泰《伊凡•伊里奇之死》、车尔尼雪夫斯基《怎么办》等。

1935年8月8日夜，鲁迅作《俄罗斯的童话》"小引"，说这是他从去年秋天起陆续译出，用了"邓当世"的笔名，向《译文》投稿的。"这《俄罗斯的童话》，共有十六篇，每篇独立；虽说'童话'，其实是从各方面描写俄罗斯国民性的种种相，并非写给孩子们看的。发表年代未详，恐怕还是十月革命前之作；今从日本高桥晚成译本重译，原在改造社版《高尔基全集》第十四本中。"

鲁迅高度评价高尔基的真实："高尔基出身下等，弄到会看书，会写字，会作文，而且作得好，遇见的上等人又不少，又并不站在上等人的高台上看，于是许多西洋镜就被拆穿了。如果上等诗人自己写起来，是决不会这模样的。我们看看这，算是一种参考罢。"但对于这一译本，鲁迅也并不满意："我很不满于自己这回的重译，只因别无译本，所以姑且在空地里称雄。倘有人从原文译起来，一定会好得远远，那时我就欣然消灭。"鲁迅强调"这并非客气话，是真心希望着的"。

《俄罗斯的童话》一书版权页后，印有《文化生活丛刊》四种的广告，未署名。其中关于《俄罗斯的童话》的广告内容如下：

> 《俄罗斯的童话》，高尔基，鲁迅译。
>
> 高尔基所做的大抵是小说和戏剧，谁也决不说他是童话作家，然而他偏偏要做童话。他所做的童话里，再三再四的教人不要忘记这是童话，然而又偏偏不大像童话。说是做给成人看的童话罢，那自然倒也可以的，然而又可恨做的太出色，太恶辣了。
>
> 作者在地窖子里看了一批人，又伸出头来在地面上看了一批人，又伸进头去在沙龙里看了一批人，看得熟透了，都收在历来的创作里。这种童话里所写的却全不像真的人，所以也不像事实，然而这是呼吸，是痱子，是疮疽，都是人所必有的，或者是会有的。
>
> 短短的十六篇，用漫画的笔法，写出了老俄国人的生态和病情，但又不只写出了老俄国人，所以这作品是世界的；就是我们中国人看起来，也往往会觉得他好像讲着周围的人物，或者简直自己的顶门上给扎了一大针。
>
> 但是，要全［痊］愈的病人不辞热痛的针灸，要上进的读者也决不怕恶辣的书！

1935年8月16日，鲁迅致黄源信中说“《童话》广告附呈”，即指此篇。

“倘若用什么记号留存下来，这就是文学”

——《门外文谈》（1935年9月）

《门外文谈》最初是鲁迅的系列文章，1934年8月20晚写讫，约一万字，发表于1934年8月24日至9月10日的《申报·自由谈》，署名华圉。后来，鲁迅将本文与其他有关于语文改革的文章4篇辑为《门外文谈》一书，1935年9月由上海天马书店出版，列为尹庚主编的《天马丛书》之五，32开本。

《门外文谈》收入的文章有：《论大众语》《门外文谈》《中国语文的新生》《从“别字”说开去》《关于新文字》及一篇编校后记。

上海天马书店初版本《门外文谈》的完整封面，笔者仅在《鲁迅书衣百影》（刘运峰编著，人民文学出版社2007年版）中见过。此封面上半部为文字，自上而下、自左向右横排“门外文谈／鲁迅著／天马丛书五／尹庚主编”字样。下半部为一帧绿色的木刻图案，镂刻白色形成光环，其间有一人物靠柱而立，其意不详。

此外，光明书局也出版过《门外文谈》，封面是一帧房屋、栏杆、路灯的剪影图，有一种启蒙的含义。红色的书名“门外文谈”结体很是开阔，似非鲁迅手迹。封底印“光明书局”出版社标志。

《门外文谈》是鲁迅论述文字起源、发展和改革的一部重要著作。

关于中国文字的产生，鲁迅指出：“中国文字的基础是‘象形’……仓颉也不止一个，有的在刀柄上刻一点图，有的在门户上画一些画，心心相印，口口相传，文字就多起来，史官一采集，便可以敷衍记事了。”所以，人民群众是文字的真正创造者。鲁迅还说，“写字就是画画”，古人将形象改得简单，远离了写实。篆字圆折，还有图画的余痕。

关于文艺，鲁迅认为也是劳动的产物：“我们的祖先的原始人，原是连话也不会说的，为了共同劳作，必需发表意见，才渐渐的练出复杂的声音来，假如那时大家抬木头，都觉得吃力了，却想不到发表，其中有一个叫道‘杭育杭育’，那么，这就是创作；大家也要佩服，应用的，这就等于出版；倘若用什么记号留存下来，这就是文学；他当然就是作家，也是文学家”。鲁迅肯定了民间文艺对民族文化发展的积极作用，对新文学家的人民大众的立场和态度很有启发。

关于人民群众与文艺的关系，鲁迅认为，人民群众“是有文学，要文学的”，他们要求文学能够为他们自己服务，“但决不该为文学做牺牲”。如此等等。这些见解充满了历史唯物主义精神，同时也是对当时“为艺术而艺术”观点的批判。

黑底白字的书名极像亡者的灵牌

——《死魂灵》（第一部）（1935 年 11 月）

《死魂灵》(第一部)，俄国果戈理著长篇小说，原书出版于1842年。鲁迅参考自德译本转译的日译本，1935年11月由上海文化生活出版社出版，列为《译文丛书》之一、果戈理选集之五。封底印有文化生活出版社标志。

果戈理（1809—1852），19世纪俄国批判现实主义文学的奠基人之一，他加强了俄国文学的批判和讽刺倾向，是俄国文学中自然派的创始者，车尔尼雪夫斯基称他为“俄国散文之父”。《死魂灵》描写专营骗术的商人乞乞科夫来到某偏僻省城，凭其天花乱坠的吹捧，成为当地官僚的座上宾，并上门向地主收购死农奴，企图以此为抵押买空卖空，牟取暴利。丑事败露后，他便逃之夭夭。这部小说是俄国批判现实主义文学的基石，也是果戈理现实主义创作的顶峰。

《死魂灵》封面留有巨大的空白，仅在居中偏上位置竖排书名“死魂灵”三个粗宋体字，为黑底白字，极像亡者的灵牌，

庄重严肃。

1935年3月，时为《世界文库》主编的郑振铎约请鲁迅翻译《死魂灵》，鲁迅答应了。《世界文库》是一套文学丛书，重刊中国古典文学并译载外国文学名著，1935年5月起以月刊形式出版，出满12本后即在《世界文库》总名下改出单行本。

据鲁迅日记载，鲁迅1935年2月开译《死魂灵》，直到9月才译完第一部。翻译《死魂灵》是一件苦差事，在写给友人的信中，鲁迅不停叫苦：

“《死魂灵》很难译，我轻率的答应了下来，每天译不多，又非如期交卷不可，真好像做苦工，日子不好过，幸而明天可完了，只有二万字，却足足化［花］了十二天。”（书信350313致萧军、萧红）

“先前，西谛要我译东西，没有细想，把《死魂灵》说定了，不料译起来却很难，化［花］了十多天工夫，才把第一二章译完，不过二万字，却弄得一身大汗，恐怕也还是出力不讨好。此后每月一章，非吃大半年苦不可，我看每一章一万余字，总得化十天工夫。”（书信350316致黄源）

“上海大热，昨天室内已达九十五度，流着汗译《死魂灵》，痱子发痒，脑子发胀。”（书信350717致增田涉）

“每月为《世界文库》翻译果戈理的《死魂灵》，一次虽只三万字，但因难译，几乎要花三星期时间，弄得满身痱子。七月份稿子直到昨天才完成。”（书信350801致增田涉）

翻译《死魂灵》时，鲁迅的生命只剩下最后一年了，他投入了巨大的热情，也付出了艰辛的努力。在给胡风、萧军、孟十还等人的信中，鲁迅多次开玩笑说“我实在怕果戈理”，因为“果戈理的讽刺是千锤百炼的”，很难译。翻译时，鲁迅“字典不离手，冷汗不离身”，“每译两章，好像生一场病”，所以后来曹聚仁评价鲁迅晚年译《死魂灵》，“是一件艰苦的奇功”。

一身痱子，艰苦备至，终于，《死魂灵》第一部译完了，于1935年11月由上海文化生活出版社出版。鲁迅日记1935年11月16日，“上午吴朗西来并赠《死魂灵》布面装订本五本”，可知《死魂灵》除普通本外，还有布面装订本。

按鲁迅的设想，拟陆续出版六卷本的“果戈理选集”。这项伟大的译书计划堪与胡适主持的“中华教育文化基金董事会”计划翻译《莎士比亚全集》相媲美。可惜鲁迅生前只出版了《死魂灵》（第一部）。

《译文丛书》与《译文》杂志有一定的渊源。《译文》是专门译介外国文学的月刊，由鲁迅、茅盾、黎烈文发起，上海生活书店发行，1934年9月创刊，至1935年9月出至第13期时停刊，前三期为鲁迅主编，此后由黄源接编。黄源，字河清，1905年生，浙江海盐人。

《译文丛书》原拟由生活书店出版，后生活书店毁约，鲁迅委托黄源与文化生活出版社接洽出版事。1935年9月15日，文化生活出版社请鲁迅去上海南京饭店吃饭，席间鲁迅与吴朗西、巴金商定，改由该社出版《译文丛书》。列入《译文丛书》的有：鲁迅译《死魂灵》，丽尼译《贵族之家》和《前夜》，陆蠡译《罗亭》和《烟》，巴金译《父与子》和《处女地》等。其中，《死魂灵》属“果戈理选集”，《贵族之家》等五书则属于“屠格涅夫选集”。

鲁迅对果戈理《死魂灵》的评价是：“其实，这一部书，单是第一部就已经足够的，果戈理的运命所限，就在讽刺他本身所属的一流人物。所以他描写没落人物，依然栩栩如生，一到创造他之所谓好人，就没有生气。”

这一评价，至今仍是关于果戈理最精当的见解。

“神话、传说及史实的演义”

——《故事新编》（1936年1月）

《故事新编》，短篇小说集，收录了鲁迅1922—1935年间创作的短篇小说8篇，1936年1月由上海文化生活出版社初版，列入巴金所编的《文学丛刊》，作者生前共印行7版次。

这8篇小说分别是:《补天》《奔月》《理水》《采薇》《铸剑》《出关》《非攻》《起死》，外加一篇《序言》。此书主要以神话为题材，多数是在“博考文献、言必有据”的基础上，“取一点因由，随意点染”，极具先锋品格。

根据鲁迅日记，《故事新编》编辑与出版的过程如下：1935年12月26日，“晚编《故事新编》并作序讫，共六万余字”。1936年1月16日，“校《故事新编》毕”。1月28日，“下午得《故事新编》平装及精装各十本”。2月28日，“晚吴朗西来并付《故事新编》等版税泉二百五十八元”。

可知《故事新编》于1936年1月出版，分为平装本和精装本两种。

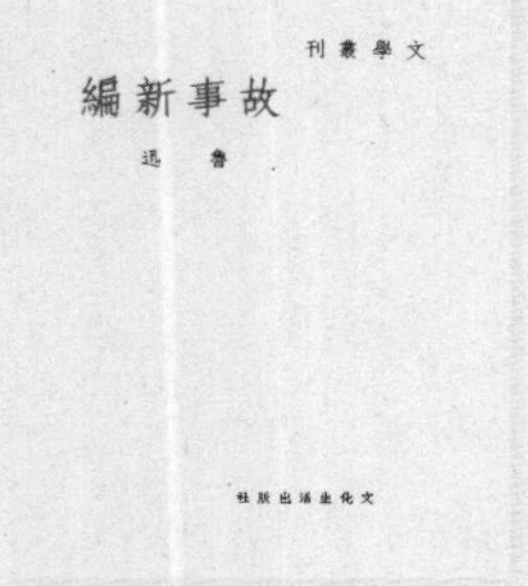

《故事新编》封面没有任何图案，只排印“文学丛刊 / 故事新编 / 鲁迅 / 文化生活出版社”字样，均为自右向左旧式排列，其中书名字体略大，为红色。这一封面没有任何技巧，透出一种繁华落尽的本真，很契合1936年初晚年鲁迅的心态。

1935年12月26日，鲁迅作《故事新编》序言，说这本集子从开手写到编成，足足有13年。第一篇是1922年冬天写成的《不周山》(后改为《补天》)，取女娲炼石补天的神话。写到中途，看到了报纸上有人对汪静之《蕙的风》的批评，“他说要含泪哀求，请青年不要再写这样的文字”。对此，鲁迅感到滑稽，再写小说时，就塑造了一个古衣冠的小丈夫出现在女娲的两腿之间，“这就是从认真陷入了油滑的开端”，鲁迅自己不满意，却无意中奠定了小说的风格。

到了1926年秋，鲁迅一个人住在厦门的石屋（厦大集美楼）里，“对着大海，翻着古书，四近无生人气，心里空空洞洞”，除了写几篇《朝花夕拾》，他仍旧拾取古代的传说写了《奔月》和《铸剑》。之后奔向广州，“这事就又完全搁起了。后来虽然偶尔得到一点题材，作一段速写，却一向不加整理”。前后13年才编成了一本书，其中以速写居多。

鲁迅自己认为，《故事新编》是一部“神话、传说及史实的演义”的总集。但在与友人的通信中，鲁迅对《故事新编》的评价平平，或者说是“根据传说改写的东西，没有什么可取”（书信360203致增田涉），或者说是“用神话和传说做材料的，并不是好作品。现在别封寄呈，以博一笑”（书信360723致捷克斯洛伐克汉学家雅罗斯拉夫·普实克）。这种自评当然包含着自谦的成分。事实上，《故事新编》是鲁迅最后的创新之作，风格从容、幽默，庄严和荒诞互相补充、渗透和消解，艺术上具有某种先锋的品格。

《故事新编》版权页罗列了巴金主编的《文学丛刊》第一集共16册的书名、作者与体裁。

“平面复写版精印，纸墨皆良”

——《死魂灵一百图》（1936 年 4 月）

《死魂灵一百图》，俄国画家阿庚（A. Agin，1817—1875）作画，培尔那尔特斯基（Bernardski）刻版，收录木刻102幅，另卷首广告画1幅，卷末附有梭诃罗夫（1821—1899）所作插画12幅，鲁迅出资，于1936年4月以“三闲书屋”名义翻印，文仕生活出版社发行，16开本。

文化生活出版社由巴金和吴朗西主持。

《死魂灵一百图》移译序文和每图的题句由孟十还负责，校印装制由吴朗西等人经营。封面由鲁迅提出设想，钱君匋设计完成。封面上端和下端各画了一条黑粗线，限定了封面画和文字，居中位置使用了阿庚的一幅木刻图，画面上五个人物有的读报，有的作交头接耳状。自上而下排印的文字分别为“尼古拉·果戈理的诗篇 / 死魂灵一百图 /A. 阿庚画　培尔那尔特斯基刻版 / 三闲书屋翻印 / 文化生活出版社发行”。年号1936排印在“文化生活出版社发行”字样的两端。

此书由平面复写版精印，纸墨皆良，只印了1000本。其中平装本850本，灰纸封面，毛边本。精装本蓝绸封面，图案和书名烫金，纸张颇佳，硬纸套护封，仅150本发售（有资料说精装本共印了200本）。1964年4月，吴朗西把鲁迅手绘的《死魂灵一百图》的扉页捐给上海鲁迅纪念馆。

作家谢冰莹早在20世纪40年代出版的《作家印象记》一书中便写道："如果是40岁以上的人，他是爱好文艺的，对于钱君匋的名字，一定不至感到陌生。当民国十六年至二十六年之间，全国各大杂志及文学作品单行本的书面，十之八九出于钱之手……"钱君匋为鲁迅的译作《艺术论》《十月》《死魂灵》等设计了封面，还为茅盾、郁达夫、郭沫若、丰子恺、郑振铎、叶圣陶、冰心、巴金、曹禺等人的著作设计了封面，故雅号"钱封面"。当年在沪上，因钱君匋无法应付繁多的稿债，于是由丰子恺执笔，郑振铎、叶绍钧等人签名，在报上登载了一则钱君匋封面设计的润格，酬金很高，但索求者依然纷至沓来。据统计，钱君匋一生设计的图书封面多达4000多件。

1935年12月24日，鲁迅作《死魂灵一百图》“小引”，介绍了这105幅图画的来历。

关于《死魂灵》的图画共有三种，最正确完备的是阿庚的百图。这图画出版于1847年之前，已是有了定评的文献，“虽在它的本国，恐怕也只能在图书馆中相遇，更何况在我们中国”。1935年秋末，孟十还偶然在上海的旧书店里看到了这画集，“便像孩子望见了糖果似的，立刻奔走呼号，总算弄到手里了，是一八九三年印的第四版，不但百图完备，还增加了收藏家蔼甫列摩夫所藏的三幅，并那时的广告画和第一版封纸上的小图各一幅，共计一百零五图”。鲁迅还判断这本画集是如何流落到中国的：“这大约是十月革命之际，俄国人带了逃出国外来的。”鲁迅甚至认为他该是一个爱好文艺的人，“抱守了十六年，终于只好拿它来换衣食之资；在中国，也许未必有第二本”。如果把这样的画集藏起来，对己对人也许都是一种罪孽，所以，鲁迅就产生了翻印该书的念头，除介绍外国的艺术，还有如下目的：“第一，是在献给中国的研究文学，或爱好文学者，可以和小说相辅，所谓‘左图右史’，更明白十九世纪上半的俄国中流社会的情形；第二，则想献给插画家，借此看看别国的写实的典型，知道和中国向来的‘出相’或‘绣像’有怎样的不同，或者能有可以取法之处；同时也以慰售出这本画集的人，将他的原本化为千万，广布于世，实足偿其损失而有余，一面也庶几不枉孟十还君的一番奔走呼号之苦。”

巧妙的是，当中文译本的《死魂灵》开始发表时，曹靖华给鲁迅寄了一卷图画，也是十月革命后不久在圣彼得堡得到的，正是梭诃罗夫为《死魂灵》画的12幅画，“纸张虽然颇为破碎，但图像并无大损；怕它由我而亡，现在就附印在阿庚的百图之后，于是俄国艺术家所作的最写实，而且可以互相补助的两种《死魂灵》的插画，就全收在我们的这一本集子里了”。这真是编辑印制这本插画集的传奇故事，为此，鲁迅抑制不住兴奋，写了一则广告，发表在1936年3月《译文》月刊新一卷第一期，原题《死魂灵百图》。

> 果戈理的《死魂灵》一书，早已成为世界文学的典型作品，各国均有译本。汉译本出，读书界因之受一震动，顿时风行，其魅力之大可见。此书原有插图三种，以阿庚所作的《死魂灵百图》为最有名，因其不尚夸张，一味写实，故为批评家所赞赏。惜久已绝版，虽由俄国收藏家视之，亦已为不易入手的珍籍。三闲书屋曾于去年获得一部，不欲自秘，商请文化生活出版社协助，全部用平面复写版精印，纸墨皆良。并收梭诃罗夫所作插画十二幅附于卷末，以集《死魂灵》画象[像]之大成。读者于读译本时，并翻此册，则果戈理时代的俄国中流社会情状，历历如在目前，介绍名作兼及如此多数的插图，在中国实为空前之举。但只印一千本，且难再版，主意非在贸利，定价竭力从廉。精装本所用纸张极佳，故贵至一倍，且只

有一百五十本发售，是特供图书馆和佳本爱好者藏庋的，订购似乎尤应从速也。

从上述广告可知，《死魂灵一百图》介绍名作兼及如此多插图，在中国是空前之举。笔者曾见到一册平装本《死魂灵一百图》，扉页背面用毛笔编号为“八五〇—四三五”，是平装本中的第435册，可以推断，此书因印制数量少，无论平装本还是精装本，均编号发售。

经由这些图画，可重温果戈理时代俄国的社会情状，鲁迅当年将原本化为千万广布于世，实有情怀存焉。

“在报上登出来的时候往往围绕一圈花边以示重要”

——《花边文学》（1936 年 6 月）

《花边文学》，鲁迅的第12本杂文集，1936年1月编定，收1934年创作的杂文61篇，包括《女人未必多说谎》《北人与南人》《古人并不纯厚》《读几本书》《玩具》《算账》《看书琐记》《汉字和拉丁化》《考场三丑》《略论梅兰芳及其他（上）》等。1936年6月由上海联华书局初版。

鲁迅所作短评，是从给《申报》的《自由谈》投稿开始的。1933年的作品，结集为《伪自由书》和《准风月谈》两本。后来，编辑黎烈文被排挤掉了，“我本也可以就此搁笔，但为了赌气，却还是改些作法，换些笔名，托人抄写了去投稿，新任者不能细辨，依然常常登了出来。一面又扩大了范围，给《中华日报》的副刊《动向》，小品文半月刊《太白》之类，也间或写几篇同样的文字。聚起一九三四年所写的这些东西来，就是这一本《花边文学》”。

当年《申报》的《自由谈》发表鲁迅的短评，刊出时往往

圈以花边，以示重要。鲁迅当时发表文章多用笔名，文学青年廖沫沙不明就里，化名“林默”发表《论“花边文学”》一文，对“花边”颇有微词。鲁迅后来说:“这一个名称，是和我在同一营垒里的青年战友，换掉姓名挂在暗箭上射给我的。那立意非常巧妙：一，因为这类短评，在报上登出来的时候往往围绕一圈花边以示重要，使我的战友看得头疼；二，因为花边也是银元［圆］的别名，以见我的这些文章是为了稿费，其实并无足取。”当然，这里有误会的成分，鲁迅以“花边文学”为集名，亦不无讽刺之意。

从鲁迅日记可知，《花边文学》1936年1月6日夜编讫，自4月14日起校对，当年6月出版。

《花边文学》的封面由鲁迅设计，也是极简设计的代表，只在封面居中位置竖行排印书名及作者名，并用一个《自由谈》式的花边围起来，既合书名，又有装饰美。

对于国民党政府的书报审查制度，1935年1月26日，鲁迅致信曹靖华说："检查也糟到极顶，我自去年底以来，被删削，被不准登，甚至于被扣住原稿，接连的遇到。听说，检查的人，有些是高跟鞋，电烫发的小姐，则我辈之倒运可想矣。"又说新作"较好的简直无处发表，但若做得吞吞吐吐，自己又觉无聊。这样下去，著作界是可以被摧残到什么也没有的"。

1935年12月29日，鲁迅作《花边文学》序言，称发表过他的作品的刊物，一般活不久："今年一年中，我所投稿的《自由谈》和《动向》，都停刊了；《太白》也不出了。我曾经想过：凡是我寄文稿的，只寄开初的一两期还不妨，假使接连不断，它就总归活不久。于是从今年起，我就不大做这样的短文，因为对于同人，是回避他背后的闷棍，对于自己，是不愿做开路的呆子，对于刊物，是希望它尽可能的长生。所以有人要我投稿，我特别敷延［衍］推宕，非'摆架子'也，是带些好意。"

《花边文学》出版一月后准备再版，7月10日，鲁迅"夜校重排《花边文学》讫"。7月28日，"上午得曹白信并木刻《花边文学》封面一枚"。这一封面的书名和作者名均使用了拉丁拼音字母，图案上部是一把匕首，下部是两条缠绕的荆棘，寓意很明显。由于此后鲁迅身体情况恶化，这一封面最终没有使用。

“有人翻印，功德无量”

——《凯绥·珂勒惠支版画选集》（1936年7月）

鲁迅的最后7年，共编辑出版了18种画册。其中1936年7月出版的《凯绥·珂勒惠支版画选集》只印了103本，当时即属珍本，经过80余年变迁，今日更是一本难求。

《引玉集》于1934年5月出版后，鲁迅给友人多次透露过另外一个宏大的编印计划，即准备编印一套德国版画集。如1934年5月31日致杨霁云：“《引玉集》……此书如能售完，我还想印一部德国的。”1934年6月3日致杨霁云：“但德国版画集，我还想计划出版。”1934年6月6日致陈铁耕：“我还想绍介德国版画（连铜刻，石刻）。”1934年6月9日致台静农：“对于印图，尚有二小野心。一，拟印德国版画集……”（另一“小野心”是拟印汉到唐画像）。1934年6月18日致台静农时，想法更具体，并初具雏形：“我所藏德国版画，有四百余幅，颇欲选取百八十幅，印成三本以绍介于中国，然兹事体大，万一生意清淡，则影响于生计，故尚在彷徨中也。”

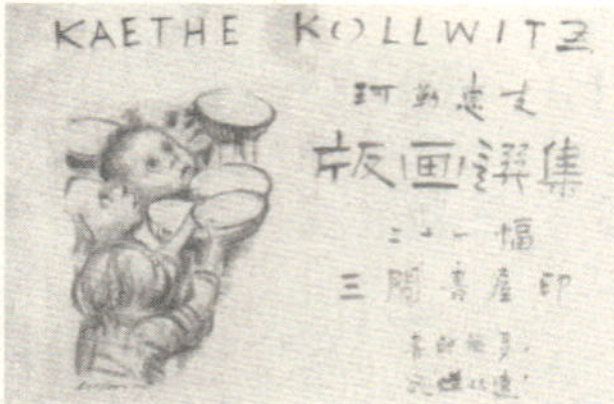

《凯绥·珂勒惠支版画选集》书影及鲁迅为本书设计的广告单

计划中的德国版画集由于各种原因最终并没有问世，取而代之的，是1936年7月编印出版的《凯绥·珂勒惠支版画选集》。这本画册，是鲁迅版画出版生命的谢幕。

珂勒惠支是德国女版画家，1967年生于东普鲁士，画材多为贫病与辛苦，最有名的是四种连续画，即《织工的反抗》《农民战争》《战争》《无产阶级》四组版画。法国罗曼·罗兰评价她：“凯绥·珂勒惠支的作品是现代德国的最伟大的诗歌，它照出穷人与平民的困苦和悲痛。这有丈夫气概的妇人，用了阴郁和纤秾的同情，把这些收在她的眼中，她的慈母的腕里了。这是做了牺牲的人民的沉默的声音。”鲁迅则这样评价：“她以深广的慈母之爱，为一切被侮辱和损害者悲哀，抗议，愤怒，斗争；所取的题材大抵是困苦，饥饿，流离，疾病，死亡，然而也有呼号，挣扎，联合和奋起。”(《〈凯绥·珂勒惠支版画选集〉序目》)

鲁迅注意到珂勒惠支的版画，要上溯到1930年7月15日，据日记载，这一天，他收到留学德国的徐诗荃所寄珂勒惠支画集五种。珂勒惠支强大的思想力量和精湛的艺术技巧引起鲁迅的重视，鲁迅遂产生了搜集珂勒惠支原拓版画的念头。于是，鲁迅就写信托史沫特莱求购。1931年鲁迅日记共四次记述珂勒惠支：4月7日托史沫特莱寄珂勒惠支100马克买版画；5月24日收珂勒惠支版画12枚，值120元；7月24日得珂勒惠支版画10枚，共114元；8月20日将珂勒惠支的6枚版画赠内山嘉吉，“酬其教授木刻术”。由此可知，鲁迅为购买珂勒惠支版画原拓，仅1931年就花去了234元和100马克，代价不可谓不昂贵。鲁迅先后购得组画《织工的反抗》《农民战争》及别的版画，都是署有珂勒惠支亲笔签名的精拓。

柔石等牺牲后，鲁迅将珂勒惠支木刻组画《战争》中的第一幅作品《牺牲》投给上海《北斗》杂志，发表于该刊1931年9月20日出版的创刊号，这是第一幅介绍到中国的珂勒惠支版画。木刻《牺牲》表现的是一位母亲悲哀地闭上眼睛，献出她的孩子去做无谓的牺牲。这幅木刻的发表，有着深刻的意味，鲁迅后来在《写于深夜里》一文中说，柔石被害时，报章上毫无记载，“许多人都明白他不在人间里，……只有他那双目失明的母亲，我知道她一定还以为她的爱子仍在上海翻译和校对。偶然看到德国书店的目录上有这幅《牺牲》，便将它投寄《北斗》了，算是我的无言的纪念”。在《为了忘却的记念》一文中，鲁迅表达了相似的意思：“当《北斗》创刊时，我就想写一点关于柔石的文章，然而不能够，只得选了一幅珂勒惠支夫人的木刻，名曰《牺牲》，是一个母亲悲哀地献出她的儿子去的，算是只有我一个人心里知道的柔石的记念。”鲁迅还曾写信给珂勒惠支，请她画一幅烈士被害情形的图画作为纪念。但珂勒惠支回信予以拒绝，因为她没有看到过真实的情形，而且对中国的事物又很生疏。

《凯绥·珂勒惠支版画选集》的印制过程很费周折，21幅画先托郑振铎在故宫博物院印刷厂用珂罗版、宣纸精印，印成散页。1936年1月11日，“夜振铎来并携翻印之珂勒惠支版画二十一种，每种百枚，工钱及纸费共百五十一元”。然后托文化生活出版社铅印由史沫特莱撰写、茅盾翻译的序言及自己写的序目，再由自己在家中与许广平顶着炎热排正次序，衬添夹层，配页成册，最后再托文化生活出版社线装成书。

此间，鲁迅拖着病体，劳力劳心，病前病后，前后经年。选集原定1936年5月出版，中途因鲁迅病情加剧，工作一度中断。鲁迅预感到自己去日无多，病情好转后，加紧了出书进度，终于在7月订成，以上海三闲书屋名义出版，共支付印画费用高达500多元。画册印成之后，鲁迅不无感慨:“印造此书，自去年至今年，自病前到病后，手自经营，才得成就。”(题《凯绥·珂勒惠支版画选集》赠季市）如果算上收集、购买原拓画作的准备期，出版该画册用时则达6年之久。

《凯绥·珂勒惠支版画选集》也是献给珂勒惠支女士七十寿辰的一件礼物。1936年清明节深夜，鲁迅写下长文《写于深夜里》，说："今年是柔石被害后的满五年，也是作者的木刻第一次在中国出现后的第五年；而作者，用中国式计算起来，她是七十岁了，这也可以算作一个纪念。"画册出版后，鲁迅即于1936年8月31日，"托内山君修函并寄《珂勒惠支版画选集》一本往在柏林之武者小路实笃氏，托其转致作者"。

《凯绥·珂勒惠支版画选集》是鲁迅生前亲自编选的最后一本版画集，无论编辑、装帧、印制都很精美，当时即享誉出版界，可谓无与伦比。书由鲁迅自行设计封面，亲笔用泥金笺题签，除书名外，还注明"1936年上海三闲书屋印造"字样，在磁青纸上显得特别古拙，令人赏心悦目。唐弢说："纸的大小与封面的比例十分匀称，而四行题签，更是疏落相间，鲁迅都花过一番心思，一加改动，就不是那么一回事儿了。"画册为4开本，显得大气奔放，气宇轩昂，前有茅盾译史沫特莱序文，内收版画21幅，其中石版画7幅、铜版画14幅。此外，在《序》中还附有3幅黑白木刻。这些版画一部分采自原拓本，一部分从德国艺术护卫社画帖中选取，从中可以看出鲁迅的良苦用心：宣传珂勒惠支的革命精神，向木刻青年介绍技法，并鼓励木刻青年加强思想改造和创作锻炼，重视木刻作品的艺术语言和思想力量。

《凯绥·珂勒惠支版画选集》只印了103本，其中"四十本为赠送本，不发卖；三十本在外国，三十三本在中国出售"。那33本由鲁迅亲笔编号，交给位于上海北四川路的内山书店代售，每册定价3.2元。当时上海一名普通工人的月薪约为15

元，这本画册可谓价格不菲。在致曹白的信中，鲁迅写道："病前开印《珂勒惠支版画选集》，到上月中旬才订成，自己一家人衬纸并检查缺页等，费力颇不少。但中国大约不大有人买，要买的无钱，有钱的不要。"目前所知，国人收藏此版本者寥寥无几。

内山书店代售版画集时使用的广告单，由鲁迅亲自设计和书写。广告单上部为凯绥·珂勒惠支的德文名字，左半边为珂勒惠支的代表作《德国的孩子们饿着》，右半边为鲁迅的笔迹，横写，自上而下："珂勒惠支版画选集，二十一幅，三闲书屋印，书印无多，欲购从速！"

让人倍感惊讶的是，鲁迅在画册扉页后印有一句话："有人翻印，功德无量。"这与普遍可见的"版权所有，翻印必究"的维权声明形成了鲜明对比。画册问世后，订购者众，但国内销售的寥寥30余册根本无法满足读者的需求，于是，上海文化生活出版社于1936年10月将此书作为《新艺术丛刊》第一种，重新照相，铜版纸缩小重印，以16开本出版发行，其中精装500本、平装1000本，于鲁迅逝世前几天送到先生的病榻前。

鲁迅用中国传统装帧印行西洋画册，别开艺术新境。103本《凯绥·珂勒惠支版画选集》无疑是现代出版史上的珍稀版本，使人心向往之。

硬布面精装特大本

——《苏联作家二十人集》（1936年7月）

《苏联作家二十人集》，也称《新俄小说家二十人集》，鲁迅编译的中短篇小说集，内收苏联作家20人的作品，上海良友图书印刷公司将其作为《良友文学丛书》特大本之一于1936年7月出版。初版本印1000册，实价1.2元。

该书原分两册：上册《竖琴》，收札弥亚丁等人的作品10篇，1933年1月良友公司初版；下册《一天的工作》，收毕力涅克等人的作品10篇，1933年3月良友公司初版。1936年7月由良友公司合印一集。

《竖琴》和《一天的工作》均是1932年9月编成的，据鲁迅日记，9月13日，“夜编阅《新俄小说家二十人集》上册讫，名之曰《竖琴》”。9月19日，“下午编《新俄小说家二十人集》下册讫，名之曰《一天的工作》”。当良友图书印刷公司建议将两册合编为《苏联作家二十人集》时，鲁迅表示：“《竖琴》和《一天的工作》可以如来信所示，合为一本。新的书名很好。

序文也可以合为一篇。”（书信360707致赵家璧）合集于1936年7月出版后，8月6日，鲁迅“上午得赵家璧信并《苏联作家二十人集》十本”。

《苏联作家二十人集》为硬布面精装特大本，封面左上角用大号凹字印出书名、译者，右下角印良友公司出版标志（头戴草帽的农民正撒播种子的形象）。书脊采用烫金方式，横排印刷“苏联作家二十人集／鲁迅编译／良友文学丛书特大本”字样。环衬是大幅的良友出版标志。内页竖式排版，版式疏朗，令人赏心悦目。扉页除印有书名、作者名及良友的出版标志，还印着年份1936和NO. 429字样。因《良友文学丛书》前后出版了40多种（赵家璧自述是47种，倪墨炎认为是45种，彭林祥考证应该是48种），所以，此编号似为良友公司全部出版物的序列号，待考。此书外加封套，但能完整留存下来的极为罕见，笔者未曾见到。

《良友文学丛书》是赵家璧编辑生涯的得意之作。1932年，赵家璧从光华大学英国文学系毕业后在良友图书公司任文艺编辑时，便计划编一套全部收第一流作家新创作的“良友文学丛书”，用米色道林纸印，软布面精装，不论厚薄，书价一律一角。鲁迅是第一位接待他组稿并付稿的作家，约稿的地点在内山书店。尽管鲁迅送交的《竖琴》和《一天的工作》是与人合作翻译的苏联作家作品集，赵家璧还是毫不犹豫地接受了这部书稿并将其出版，成全了鲁迅想出版一部有分量的苏联小说集的愿望。此外，《良友文学丛书》中有巴金的“爱情三部曲”，张天翼的《畸人集》，茅盾的《烟云集》《时间的记录》，郁达夫的《闲书》，周作人、朱光潜、俞平伯等作家的散文集，上海郑伯奇、王统照、王鲁彦、叶圣陶、谢冰莹的新作，分量很重，至今受到人们的珍爱。24岁的年轻编辑在上海滩一举打响了他策划的《良友文学丛书》，三年后又推出了“良友文学丛书特大本”，还主动建议鲁迅出合订的特大本，良友也借此成为上海滩有进步文艺思想的大出版社。

“他们个个如广大的黑土的化身”

——《苏联版画集》（1936 年 7 月）

《苏联版画集》，鲁迅应赵家璧之邀而编选的一部版画集，收录版画作品159件（184幅），1936年7月上海良友图书印刷公司出版，版权页以英文形式排印，并注明了每册售价。

1936年春，中苏文化协会从莫斯科借到一批苏联版画家的作品，先后在南京、上海举办展览会，引起轰动。其时，良友图书公司主持编务的赵家璧会同协会的黎照寰和苏联驻沪领事馆的萨拉托夫商量，拟将展览会上的作品制版印书，得到许可。赵家璧把画稿送到内山书店，请中国木刻运动的启蒙人鲁迅选稿。4月2日，鲁迅复信，谈了选稿意见，并请赵家璧将展览会目录上的说明从英文译出，附于书前。三天后，沉疴在身的鲁迅亲自到良友公司研究每件作品，就用色、用纸、售价、译名、制版等细节与赵家璧讨论，并答应写序。

1936年6月23日，鲁迅序文写讫。这是一篇由鲁迅口述、许广平笔录的珍贵序文，也是鲁迅在生命的最后关头燃烧自

己、照亮别人的一束火焰。

鲁迅在《苏联版画集》序中说：“良友图书公司要印一本画集，我听了非常高兴，所以当赵家璧先生希望我参加选择和写作序文的时候，我都毫不思索地答应了：这是我所愿意做，也应该做的。”“参加选择绘画，尤其是版画，我是践了夙诺的，但后来却生了病，缠绵月余，什么事情也不能做了，写序之期早到，我却还连拿一张纸的力量也没有。停印等我，势所不能，只好仍取旧文，印在前面，聊以塞责。不过我自信其中之所说也还可以略供参考，要请读者见恕的是我竟偏在这时候生病，不能写出一点新的东西来。”

鲁迅这样评价收入画集中的版画作者：“我觉得这些作者，没有一个是潇洒，飘逸，伶俐，玲珑的。他们个个如广大的黑土的化身，有时简直显得笨重，自十月革命以后，开山的大师就忍饥，斗寒，以一个廓大镜和几把刀，不屈不挠的开拓了这一部门的艺术。这回虽然已是复制了，但大略尚存，我们可以看见，有那［哪］一幅不坚实，不恳切，或者是有取巧，弄乖的意思的呢？”

鲁迅高度评价苏联版画：“它不像法国作品的多为纤美，也不像德国作品的多为豪放；然而它真挚，却非固执，美丽，却非淫艳，愉快，却非狂欢，有力，却非粗暴；但又不是静止的，它令人觉得一种震动——这震动，恰如用坚实的步法，一步一步，踏着坚实的广大的黑土进向建设的路的大队友军的足音。”（《且介亭杂文末编·记苏联版画展览会》）

向黑暗的中国介绍苏联、日本等国的艺术成就和社会状况，以促进国人的进步，是鲁迅自1930年2月编辑《艺苑朝华》以来一直坚持的一件事。他前后编印了十余种关于版画的书籍，《苏联版画集》是最后一部。“我希望这集子的出世，对于中国的读者有好影响，不但可见苏联的艺术的成绩而已。”

1936年7月初，《苏联版画集》出版。据鲁迅7月4日日记，“良友公司赠《苏联版画集》五本”。7月6日，“晚得赵家璧信并《苏联版画集》十八本”。当晚，鲁迅复信肯定了该书。

《苏联版画集》分精装和平装两种形式，24开，共印3000册。精装本又分甲种本和乙种本，甲种本书面仿大理石纹，重磅道林纸印，书脊镏金，每册实价3.4元。乙种本黑布面，书面印一小幅木刻人参，为法复尔斯基作小说《人参》插图之二。乙种本比甲种本薄一半，每册实价2元。笔者见到一册甲种本《苏联版画集》，扉页上除印有“苏联版画集／鲁迅序／上海良友图书印刷公司印行”字样及一小帧手持铁锤的女子侧身像，还印有“NO.427”字样。如前文所说，此编号似为良友公司全部出版物的序列号，待考。此书平装本体例编排与精装本相同，区别处在于平装本封面印有一帧木刻风景图。

《苏联版画集》书首收有蔡元培1936年6月25日所作题词，影印小楷手迹，内容为：“木刻画在雕刻与图画之间，托始于书籍的插图与封面，中外所同。惟欧洲木刻，于附丽书籍外，渐成独立艺术。同有发抒个性、寄托理想之作用。且推演而为铜刻、石刻以及粉画、墨画之类，而以版画之名包举之，如苏联版画展览会是矣。鲁迅先生于兹会展览品中，精选百余帧，由良友公司印行，足见版画之一斑，意至善也。”

蔡序之后，排印鲁迅的序言。《苏联版画集》使用了蔡元培与鲁迅两位大师的题词序言，可谓珠联璧合。两篇序言后，另收赵家璧所译《苏联的版画》一文。书中的版画，有的彩色印刷，有的黑白印刷，均独占一页，印制极精致。

这部版画集为当时中国新生的美术运动，尤其是为尚在成长中的中国木刻家提供了新鲜的养分。书出版不到四个月，鲁迅便与世长辞了。一年后，“八一三”淞沪抗战爆发，良友图书公司遭受重大损失，《苏联版画集》的铜版和存书全部毁于战火。抗战胜利后，与良友出版公司有承续关系的晨光出版公司才在1949年4月重印了这部画集。

皮脊太古典，平装是天鹅绒面，“殊漂亮也”

——《海上述林》（1936年10月）

1993年9月，北京首届稀见图书拍卖会举槌，鲁迅编定、“诸夏怀霜社”1936年校印发行的瞿秋白译文集《海上述林》仅以1430元成交，可谓无人识珠。15年后的2008年10月，上海国际商品拍卖有限公司再次拍卖二册布面精装《海上述林》，最终以3万元高价成交，引起藏界极大关注，可谓之新文学善本书。

《海上述林》是鲁迅为纪念瞿秋白而编辑出版的瞿氏译作，此书编订谨严，装帧精美，版本稀见，见证着鲁迅与瞿秋白的友情，也见证着20世纪30年代中后期的中国政治文化语境。

1935年6月18日，中共高级领导人瞿秋白在福建长汀英勇就义，年仅36岁，翌日，上海《申报》即刊出瞿秋白被枪决的消息。瞿秋白与鲁迅交往很深，瞿曾到鲁迅家中避难，鲁迅将瞿引为知己，并书“人生得一知己足矣，斯世当以同怀视之”一联相赠。瞿则写过《〈鲁迅杂感选集〉序言》，在中国现代文

《海上述林》天鹅绒面精装本书影

学史上第一次全面分析了鲁迅的思想，在鲁迅研究史和中国现代文学批评史上产生了重要影响。瞿就义后，鲁迅的心情愤激而冷静，6月24日，他致曹靖华信，称中国当前的状况与宋明之末极像："中国事其实早在意中，热心人或杀或囚，早替他们收拾了，和宋明之末极像。但我以为哭是无益的，只好仍是有一分力，尽一分力，不必一时特别愤激，事后又悠悠然。"同日，在致台静农的信中说："敝寓如常，可释远念，令人心悲之事自然也不少，但也悲不了许多。"6月27日，在致萧军的信中，鲁迅惋惜地说："中国人先在自己把好人杀完，秋即其一……（瞿）中文俄文都好，像他那样的，我看中国现在少有。"对照瞿秋白的俄文，鲁迅甚至不满意自己所译果戈理的长篇小说《死魂灵》，称他被《死魂灵》中的一大套议论"窘得汗流浃背"。在9月1日的信中，鲁迅告诉萧军："瞿若不死，译这种书是极相宜的，即此一端，即足判杀人者为罪大恶极。"

这是鲁迅第一次也是对瞿秋白就义唯一的评价。

为了纪念这位异乎寻常的“斯世当以同怀视之”的知己，鲁迅与茅盾、郑振铎等相商，筹划为瞿秋白出本书。其时鲁迅已是形销骨立，但他抱病忍痛，殚精竭虑为此书操劳。他与茅盾商定，先印瞿氏译文。瞿秋白爱人杨之华认为瞿的写作要紧，翻译倒在其次。但鲁迅认为“他的写作，编集较难，而且单是翻译，字数已有这许多，再加一本，既拖时日，又加经费，实不易办”，为此他力主“不如先将翻译出版，一面渐渐收集作品，俟译集售去若干，经济可以周转，再图其它可耳”。为了尽可能把瞿秋白的译文收齐，鲁迅以200元从现代书局赎回瞿秋白的《高尔基论文艺集》等两部译作，10月22日开始着手编辑。至于编法，鲁迅在此后致曹白的信中说：“《述林》是纪念的意义居多，所以竭力保存原样，译名不加统一，原文也不注了，有些错处，我也并不改正——让将来中国的公谟学院来办罢。”一个月之后，30余万字的《海上述林》上卷编就，鲁迅便约郑振铎同去开明书店的美成印刷厂发稿付排，洽商校对办法。自此，除编辑出版《凯绥·珂勒惠支版画选集》《死魂灵一百图》，鲁迅把很大一部分精力放在了编辑《海上述林》上。

1936年，鲁迅的病情日渐加重，经常咳嗽和发低烧，体重只有30多公斤，但他仍然坚持编辑校对《海上述林》，鲁迅日记中，常见“夜编《述林》下卷”“校《述林》下卷起”这类记载。从编辑、校对、设计封面、装帧、题签、拟定广告到购买纸张、印刷、装订等项工作，鲁迅无不详细谋划经办。3月份，鲁迅作《海上述林》上卷序言。4月底，写成《海上述林》下卷序言。开明书店的美成印刷厂备好《海上述林》上卷纸型后，鲁迅亲自将纸型送到内山书店，托内山完造寄往东京印刷。

1936年8月，《海上述林》上卷样本印成。8月27日，鲁迅致曹靖华信，说“曾见样本，颇好，倘其生存，见之当亦高兴，而今竟已归土，哀哉”。在致茅盾的信中，鲁迅满意地说：“那第一本的装订样子已送来，重磅纸；皮脊太‘古典的’一点，平装是天鹅绒面，殊漂亮也。”（书信360831致沈雁冰）

但鲁迅对下卷进度太慢深表不满：“至于第二本，说起来真是气死人；原与印刷局约定六月底排成，我在病中，亦由密斯许校对，未曾给与影响，而他们拖至现在，还差一百余页，催促亦置之不理。说过话不算数，是中国人的大毛病，一切计画[划]，都被捣乱，无可豫算了。”（书信360827致曹靖华）

为了加快第二卷进度，鲁迅函告开明书店经理章锡琛，请他催促印刷局，但章并未回信表态，也看不出排版加紧，行动上毫不迅捷，鲁迅据此认为“这真不大像在做生意”，并委托茅盾催促，“从速结束，我也算了却一事，比较的觉得轻松也”。

10月2日，在日本印刷的《海上述林》上卷寄至上海。

此书以“诸夏怀霜社”署名，“诸夏”即中国，“霜”为秋白的原名，“诸夏怀霜”意为中国人民永远怀念瞿秋白。上卷仅印造500部，皮脊100部，每部实价3.5元；布面400部，每部实价2.5元，由上海北四川路内山书店代售。

鲁迅为《海上述林》设计的封面。由于受国民党白色恐怖影响，这本书没有署译者姓名，天鹅绒面精装本的书脊上印了鲁迅亲笔所写“STR”(即史铁儿，瞿秋白的笔名）三个金字，书名亦由鲁迅亲笔题签，封面上则只有“STR”。整个封面简洁明快，一目了然。为了使《海上述林》达到最佳印刷效果，此书分平装和精装两个版本，精装本又分皮脊麻布面精装和天鹅绒面精装两种，形式典雅，都烫金字，全部用重磅道林纸精印，并配有插图——鲁迅在书籍装帧上的郑重与讲究，无疑体现着他身为设计师的“细节控”。

收到《海上述林》后，鲁迅“即开始分送诸相关者”，先后送郑振铎革脊5本、绒面5本，转托郑振铎送耿济之革脊1本、绒面1本，傅东华革脊1本，吴文祺革脊1本；转托章锡琛分送叶圣陶、徐调孚、宋云彬、夏丏尊革脊本各1本，送开明书店编辑王伯祥、丁孝先绒面本各1本。此外，送书范围还包括胡愈之、茅盾、章雪村、冯雪峰、谢澹如、杨霁云、曹靖华、吴朗西、许寿裳、台静农、胡风、鹿地亘、黄源、曹白、费慎祥及内山书店等。特别值得一书的是，鲁迅还亲笔写过一份内容为“内地绒三”的赠书名单，“内地”是指中国共产党，“绒三”指绒面的3本，并托冯雪峰转赠时在陕北窑洞中的毛泽东、周恩来各1本。赠给毛泽东的是皮脊麻布面精装本，赠给周恩来的是布脊天鹅绒面平装本。这一赠书活动在今日看来，颇可视作佳话。

为了扩大《海上述林》的影响，鲁迅亲拟广告一则，载于1936年11月20日《中流》第一卷第六期，全文如下："本卷所收，都是文艺论文，作者既系大家，译者又是名手，信而且达，并世无两。其中《写实主义文学论》与《高尔基论文选集》两种，尤为煌煌［皇皇］巨制。此外论说，亦无一不佳，足以益人，足以传世。全书六百七十余页，玻璃版插画九幅。仅印五百部，佳纸精装，内一百部皮脊麻布面，金顶，每本实价三元五角；四百部全绒面，蓝顶，每本实价二元五角，函购加邮费二角五分。好书易尽，欲购从速。下卷亦已付印，准于本年内出书。上海北四川路底内山书店代售。"

《海上述林》上卷为《辨林》，收马克思、恩格斯、列宁、普列汉诺夫、拉法格等人的文学论文，以及高尔基论文选集和拾补，还有其他译文，并插入恩格斯、列宁、普列汉诺夫、拉法格、高尔基、歌德等照片和画像。下卷为《藻林》，专收诗和小说的译文，有高尔基的《海燕》《二十六个和一个》及卢那察尔斯基《解放了的堂吉诃德》等作品，并悉数收入了这些文艺作品的插图。但下卷于年底（版权页印作十月）印成时，鲁迅已逝世，没有看到它的问世。

该版《海上述林》是我国现代出版史上极其珍贵的版本，也是鲁迅生前编辑的最后一本书，借用鲁迅在《白莽作〈孩儿塔〉序》中所说："这是东方的微光，是林中的响箭，是冬末的萌芽，是进军的第一步，是对于先驱者的爱的大纛，也是对于摧残者的憎的丰碑。"此前中国没有如此讲究地出过这样一本纪念集，鲁迅此举暗含抗议、示威，意在表明人是可以杀掉的，但作品是不能杀掉的，也是杀不掉的。概言之，《海上述林》的出版，不仅是鲁迅对瞿秋白的纪念，也是现代文学史对鲁迅的纪念。

翻译此书“与其说为了文章，倒不如说是因为插画”

——《坏孩子和别的奇闻》（1936 年 10 月）

《坏孩子和别的奇闻》(封面题《坏孩子和别的小说八篇》)，契诃夫早期短篇小说集，鲁迅据德译本《波斯勋章及别的奇闻》于1934年、1935年间翻译，上海联华书局1936年10月印行(版权页印1935年)，列入《文艺连丛》，收《波斯勋章》等8篇。

契诃夫（1860—1904)，俄国作家，作有大量短篇小说。

1935年9月14日，鲁迅为《坏孩子和别的奇闻》写了《前记》，其中说:“这里的八个短篇，出于德文译本，却正是全属于‘契红德’时代之作，大约译者的本意，是并不在严肃的绍介契诃夫的作品，却在辅助玛修丁（V.N.Massiutin）的木刻插画的。玛修丁原是木刻的名家，十月革命后，还在本国为勃洛克（A.Block）刻《十二个》的插画，后来大约终于跑到德国去了，这一本书是他在外国的谋生之术。我的翻译，也以绍介木刻的意思为多，并不著［着］重于小说。”

第二天即9月15日夜，鲁迅作《译者后记》，说了相似的

壞孩子
A.P. 契訶夫作
和別的小說八篇
魯迅譯
文藝連叢之三 • 聯華書局發行
1936

意思："这回的翻译的主意，与其说为了文章，倒不如说是因为插画；德译本的出版，好像也是为了插画的。这位插画家玛修丁，是将木刻最早给中国读者赏鉴的人，《未名丛刊》中《十二个》的插图，就是他的作品，离现在大约已有十多年了。"

玛修丁，苏联铜版画和木刻画家，后离苏流亡德国。《坏孩子和别的奇闻》的封面，鲁迅选用的就是玛修丁的作品。这一木刻画比较抽象，画面上有四个人物，坐在一张餐桌周围，三位正面，一位背面，神态各异，比例也并不统一。木刻画下面自左向右排列着三行字，这种排列法在鲁迅著译版本中比较少见，分别是：鲁迅译、文艺连丛之三·联华书局发行、1936。

对于玛修丁的这类木刻作品，鲁迅也有自己的看法，他说："平心而论，这八篇大半不能说是契诃夫的较好的作品，恐怕并非玛修丁为小说而作木刻，倒是翻译者……为木刻而译小说的罢。但那木刻，却又并不十分依从小说的叙述，例如《难解的性格》中的女人，照小说，是扇上该有须头（穗子），鼻梁上应该架着眼镜，手上也该有手镯的，而插画里都没有。大致一看，动手就做，不必和本书一一相符，这是西洋的插画家很普通的脾气。虽说'神似'比'形似'更高一著［着］，但我总以为并非插画的正轨，中国的画家是用不着学他的——倘能'形神俱似'，不是比单单的'形似'又更高一著么？"（《译者后记》）

这段话对于理解《坏孩子和别的奇闻》封面画和西洋插画

很有帮助。也就是说，西洋插画家的插图，一般不和书中的内容一一相符，取其神似。当然，鲁迅并不完全认可这种神似，认为中国画家如能做到“形神俱似”，当然更好。对外国文化批判地吸收，正是鲁迅一贯的拿来主义的态度。

《坏孩子和别的奇闻》是鲁迅典型的“因图译书”的情况，他对木刻与连环版画的推崇，是其“以美育代宗教”启蒙思想的表现。鲁迅把外国文艺书籍、版画介绍进国内，同时也更新国内的艺术观念，强化国内的文艺手段。

《坏孩子和别的奇闻》共8篇译文，其中7篇曾先在《译文》月刊发表，但《波斯勋章》一篇被国民党中央宣传委员会图书杂志审查委员会禁止刊登，一年后始载于《大公报》副刊《文艺》。对于这件事，鲁迅罕见地表示“谅解”，他认为，审查员删禁文字，一方面大概是在示威，还有一个原因，“则恐怕是在饭碗”。“我以为审查官的有时审得古里古怪，总要在稿子上打几条红杠子，恐怕也是这缘故。倘使真的这样，那么，他们虽然一定要把我的‘契诃夫选集’做成‘残山剩水’，我也还是谅解的。”推己及人，鲁迅内心深处是非常悲悯的。

《坏孩子和别的奇闻》是鲁迅生前出版的最后一本书，书的最后，收入了《〈文艺连丛〉——的开头和现在》一文，为他的出版活动做广告：

> 投机的风气使出版界消失了有几分真为文艺尽力的人。即使偶然有，不久也就变相，或者失败了。我们只是几个能力未

足的青年，可是要再来试一试。首先是印一种关于文学和美术的小丛书，就是《文艺连丛》。为什么“小”，这是能力的关系，现在没有法子想。但约定的编辑，是肯负责任的编辑；所收的稿子，也是可靠的稿子。总而言之：现在的意思是不坏的，就是想成为一种决不欺骗的小丛书。什么“突破五万部”的雄图，我们岂敢，只要有几千个读者肯给以支持，就顶好顶好了。

《文艺连丛》是鲁迅编辑的文学艺术丛书，1933年5月起陆续出版。鲁迅亲撰的这些广告文字，表达了自己的出版思想，也是他不同于一般作家、一般出版人的典型标志。

以三闲书屋名义出版的鲁迅身后第一本书

——《鲁迅书简》（1937年6月）

《鲁迅书简》，鲁迅逝世后，许广平继续以三闲书屋名义编印出版的鲁迅著作，手迹影印本，三闲书屋1937年6月出版，分甲、乙、丙三种版本发行。

甲种本，精装本。淡黄色封面，军绿色书脊贴皮延伸至封面封底五分之一处，封面使用压花工艺，压制三行阴文，分别是：许广平编/鲁迅书简/上海三闲书屋印造。均为鲁迅手迹。版权页信息显示：甲种实价4元。编印者：许广平；发行者：三闲书屋；总代售者：文化生活出版社（上海福州路第436号）；中华民国二十六年六月初版。

乙种本，白绵纸线装本，带函套。书名印于洒金宣上，排印在封面上部居中位置。版权页信息显示：乙种实价4元；其他信息与甲种本相同。

丙种本，精装本。白色封面，红色书脊延贴皮伸至封面封底四分之一处，封面和扉页与甲种本相同。版权页信息显示：

丙种实价1.8元。其他信息与甲种本相同。

此书是许广平为出版《鲁迅全集》做准备的过程中所印造。1937年1月，许广平发布征集鲁迅书简启事，同年6月即编选了《鲁迅书简》，只收入69封信，以三闲书屋名义影印出版。次年复社出版的《鲁迅全集》没有收入书简、日记。

“我只在深夜的街头摆着一个地摊”

——《且介亭杂文》（1937 年 7 月）

《且介亭杂文》，鲁迅的第13本杂文集，1935年末经作者亲自编定，上海三闲书屋1937年7月初版，内山书店总代售。

《且介亭杂文》收作者1934年所作杂文36篇，包括《“以眼还眼”》《论俗人应避雅人》《门外文谈》《拿来主义》《病后杂谈》《忆刘半农君》《中国人失掉自信力了吗》等。

《且介亭杂文》的命名，鲁迅运用了“损形”的修辞方法。因鲁迅当时住在上海北四川路景云里大陆新村，那一带是帝国主义越出租界范围以外修筑马路的区域，当时被称为“半租界”，鲁迅便把“租界”二字各取一半，写作“且介”，“且介亭”即“半租界的亭子间”，透露出半殖民地社会寄人篱下的复杂心理。

《且介亭杂文》《且介亭杂文二集》《且介亭杂文末编》等文集是鲁迅逝世后，许广平继续以三闲书屋名义编印出版的鲁迅著作，均出版于1937年。《且介亭杂文》售价6角，《且介亭杂

文二集》售价6.5角，《且介亭杂文末编》售价5.5角。这些书虽然在鲁迅身后出版，但都是鲁迅亲手编定，延续着鲁迅的思想，散发着鲁迅的声色气息，是鲁迅精神的重要内容。

三本书的封面也延续了鲁迅一贯简约的设计风格，都在居中位置使用了鲁迅亲笔题写的书名，并钤有“鲁迅”白文印章，与鲁迅版权页印章同款。

1935年12月30日，鲁迅为《且介亭杂文》作序言说：“这一本集子和《花边文学》，是我在去年一年中，在官民的明明暗暗，软软硬硬的围剿‘杂文’的笔和刀下的结集，凡是写下来的，全在这里面。当然不敢说是诗史，其中有着时代的眉目，也决不是英雄们的八宝箱，一朝打开，便见光辉灿烂。我只在深夜的街头摆着一个地摊，所有的无非几个小钉，几个瓦碟，但也希望，并且相信有些人会从中寻出合于他的用处的东西。”

这段话介绍了集子中所收文章是在“官民的明明暗暗，软软硬硬的围剿‘杂文’的笔和刀下的结集”，写得质地饱满，也非常坦诚，甚至还有那么一点心酸和无奈。他说，这些文章虽然“有着时代的眉目”，但“决不是英雄们的八宝箱”，那这些杂文是什么呢？“我只在深夜的街头摆着一个地摊，所有的无非几个小钉，几个瓦碟”。一方面是放低了姿态自谦，另一方面也旨在说明，官民的明明暗暗、软软硬硬的围剿实在令人失望。

鲁迅在这篇序言中也非常难得地表达了自己的杂文观：“其实‘杂文’也不是现在的新货色，是‘古已有之’的，凡有文章，倘若分类，都有类可归，如果编年，那就只按作成的年月，不管文体，各种都夹在一处，于是成了‘杂’。分类有益于揣摩文章，编年有利于明白时势，倘要知人论世，是非看编年的文集不可的，现在新作的古人年谱的流行，即证明着已经有许多人省悟了此中的消息。况且现在是多么切迫的时候，作者的任务，是在对于有害的事物，立刻给以反响或抗争，是感应的神经，是攻守的手足。潜心于他的鸿篇巨制，为未来的文化设想，固然是很好的，但为现在抗争，却也正是为现在和未来的战斗的作者，因为失掉了现在，也就没有了未来。”

在鲁迅看来，杂文是“感应的神经”，是“攻守的手足”，作杂文是“为现在抗争”。

戴着枷锁的跳舞，一年完了，过而存之

——《且介亭杂文二集》（1937 年 7 月）

《且介亭杂文二集》，鲁迅的第14本杂文集，1935年末经作者亲自编定，1937年7月由上海三闲书屋初版，内山书店总代售。

《且介亭杂文二集》收录鲁迅1935年所作杂文48篇，包括《隐士》《漫画而又漫画》《人生识字胡涂始》《论人言可畏》《再论文人相轻》《名人和名言》《逃名》《陀思妥夫斯基的事》《论新文字》等。

1935年12月30日，鲁迅取先一年即1934年“发表于日报的短论以外者”，谓之《且介亭杂文》。12月31日，“今天再来编今年的，因为除做了几篇《文学论坛》(《文学》月刊的一个专栏)，没有多写短文，便都收录在这里面，算是《二集》”。这两本书编辑的体例相同，都是按照写作时间排列。“凡在刊物上发表之作，上半年也都经过官厅的检查，大约总不免有些删削，不过我懒于一一校对，加上黑点为记了。只要看过前一

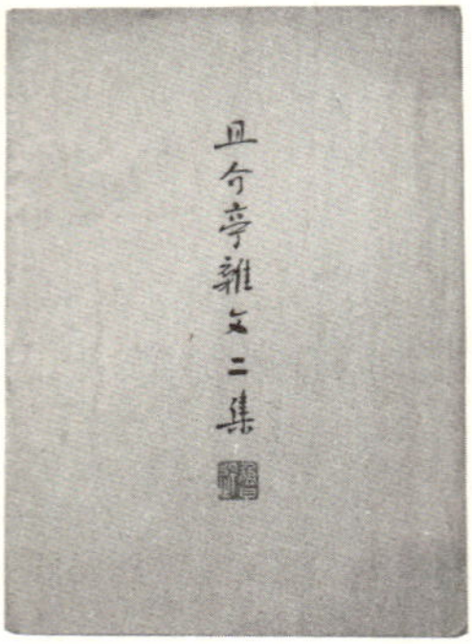

本，就可以明白犯官忌的是那［哪］些话。”（《二集》后记）

在《二集》序言中，鲁迅说明了按年编文集的意义：“过年本来没有什么深意义，随便那天都好，明年的元旦，决不会和今年的除夕就不同，不过给人事借此时时算有一个段落，结束一点事情，倒也便利的。倘不是想到了已经年终，我的两年以来的杂文，也许还不会集成这一本。”“单将这些文字，过而存之，聊作今年笔墨的记念罢。”

编完之后，鲁迅又于12月31日夜半至1月1日晨写了一篇后记，称“这是带［戴］着枷锁的跳舞，当然只足发笑的。但在我自己，却是一个纪念，一年完了，过而存之，长长短短，共四十七篇”。

“我的言论有时是枭鸣，报告着大不吉利事”

——《且介亭杂文末编》（1937年7月）

《且介亭杂文末编》，鲁迅的第15本杂文集，也是鲁迅的最后一本杂文集子，1935年末经作者亲自编定，1937年7月由上海三闲书屋初版，内山书店总代售。

《且介亭杂文末编》收录鲁迅1936年所作杂文35篇，包括《〈凯绥·珂勒惠支版画选集〉序目》《我要骗人》《写于深夜里》《关于太炎先生二三事》等。另外，《半夏小集》《这也是生活》《死》《女吊》四篇，鲁迅生前另外保存，但都是这一年的文章，故均附在《末编》一起出版。

写文和编《且介亭杂文》《且介亭杂文二集》《且介亭杂文末编》的几年，鲁迅所处的环境非常黑暗，因为国民党当局在上海成立了“中央图书杂志审查委员会”，每本出版物都要印有“中宣会图书杂志审委会审查证……字第……号”字样才能出版，有了这个号，“说明着该抽去的已经抽去，该删改的已经删改，并且保证着发卖的安全”。

除了作品被禁，鲁迅的人身安全也受到威胁。因鲁迅参与了自由大同盟的活动，国民党浙江省党部呈请中央通缉“堕落文人鲁迅”，“但至今还没有呈请发掘祖坟，总算党恩高厚”（《且介亭杂文二集》后记）。

在这种情况下，鲁迅的杂文，就颇有盗火者的意义。深受言论禁锢之害的鲁迅说：“我有时决不想在言论界求得胜利，因为我的言论有时是枭鸣，报告着大不吉利事，我的言中，是大家会有不幸的。在今年，为了内心的冷静和外力的迫压，我几乎不谈国事了，偶尔触着的几篇，如《什么是讽刺》，如《从帮忙到扯淡》，也无一不被禁止……我的不正当的舆论，却如国土一样，仍在日即于沦亡，但是我不想求保护，因为这代价，实在是太大了。”（《且介亭杂文二集》序言）

原名《集外集外集》

——《集外集拾遗》（1939 年 5 月）

《集外集拾遗》，书名系鲁迅拟定，部分文章由鲁迅收集抄录，有的加写“补记”或“备考”，但未编完即因病中止，直至鲁迅逝世也未出版。1938年，出版《鲁迅全集》时，由许广平编定印入。1939年5月，鲁迅先生纪念委员会出版单行本《集外集拾遗》。初版本印2000册，定价每册8角，版权页贴“鲁迅”白文章版权票一枚。书末附有作者早年（1898—1902年）诗文17篇，均从周作人日记中录出。另有1919至1936年间鲁迅所拟启事、广告、说明等短文23篇。

此书封面在《集外集》基础上仅加了“拾遗”两个小字，余无变动，可视作鲁迅其他文集的补遗，是研究鲁迅的重要资料。

《集外集》出版时被国民党中央宣传委员会图书杂志审查委员会抽去《通讯（致孙伏园）》《启事》《老调子已经唱完》《帮忙文学与帮闲文学》《今春的两种感想》《英译本〈短篇小说选集〉自序》《〈不走正路的安得伦〉小引》《译本高尔基〈一月九

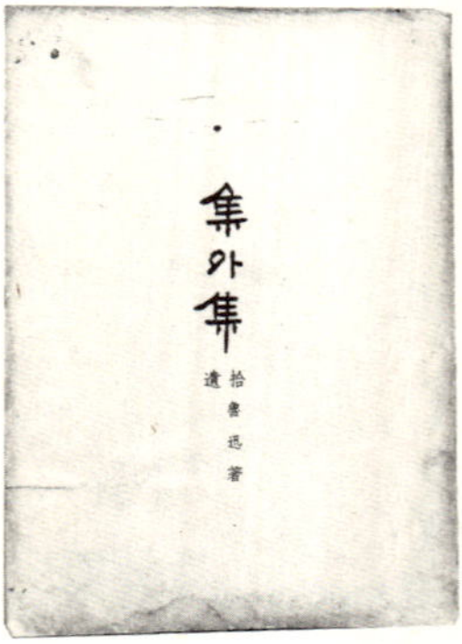

日〉小引》《上海所感》等九篇，均收入《集外集拾遗》。

此外收入的文章，举其要者有：

《怀旧》(1912年)、《〈陶元庆氏西洋绘画展览会目录〉序》(1925年)、《中山先生逝世后一周年》(1926年)、数种木刻选集之小引附记后记 (1929—1930年)、《〈北平笺谱〉序》(1933年) 等。

《集外集拾遗》中还收入了杨霁云的《编者引言》。这篇文章，曾在鲁迅的书信中露过一面。1935年2月10日，鲁迅致信杨霁云:“先生所作《集外集》引言，如有稿，乞录寄，因印《集外集外集》(此非真名，真名未定) 时拟补入也。”鲁迅所说的《集外集外集》即指《集外集拾遗》。后来，许广平果然把杨霁云的《编者引言》作为附录收入《集外集拾遗》。这是对鲁迅和杨霁云友情的最好纪念。不过，现在通行的版本中已少见这篇文章及同是杨霁云作的《编者后记》，解读鲁迅上述信件也就缺少了一个重要的支撑，有点遗憾。

“惜此旧籍，弥益零落”

——《古小说钩沉》（1939年11月）

《古小说钩沉》，鲁迅于1909年至1911年底辑录的古小说佚文集，鲁迅生前没有出版，印入1938年版《鲁迅全集》第八卷。鲁迅全集出版社1939年11月出版单行本。但新中国成立后出版的《鲁迅全集》(10卷本、16卷本、18卷本）均未收入该书。

《古小说钩沉》辑校唐以前残存古小说凡36种，自周《青史子》至隋《旌异记》，涵盖了《中国小说史略》从第3篇至第7篇的主要材料，工作耗时约3年，其间鲁迅阅读了大量古籍，抄录了6000张大小卡片，用功极巨。

鲁迅辑录《古小说钩沉》时30岁左右，但对古小说的选读和鉴赏已颇具造诣，识见不凡。比如是书选择辑录了出现最早、小说史价值也很高的祖冲之《述异记》，这部南朝志怪小说集叙述了晋宋（南朝）事，内容丰富，细节刻画入微，已摆脱早期志怪小说粗陈梗概之俗，对唐传奇有较大影响，鲁迅慧眼识之录入。

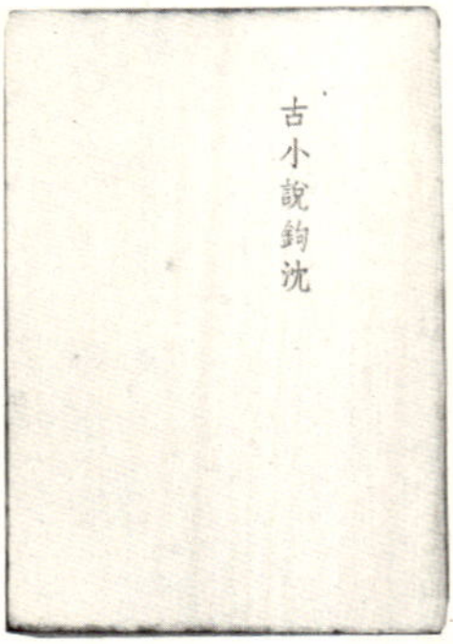

鲁迅曾为《古小说钩沉》写过一篇典雅华丽的序，最初以周作人的署名发表于1912年2月绍兴刊行的《越社丛刊》第一集，后收入《鲁迅全集》第十卷《古籍序跋集·译文序跋集》。文中说："余少喜披览古说，或见讹舛，则取证类书，偶会逸文，辄亦写出。虽丛残多失次第，而涯略故在。……惜此旧籍，弥益零落，又虑后此闲暇者鲜，爰更比辑，并校定昔人集本，合得如干种，名曰《古小说钩沉》。……稗官职志，将同古'采诗之官，王者所以观风俗知得失'矣。"说明了辑录古小说的本意。

初版《古小说钩沉》列入"鲁迅全集单行本"，为第24部，封面仅排印印刷体书名，未做修饰。版权页显示，此书由鲁迅先生纪念委员会编纂，鲁迅全集出版社出版发行，民国二十八年（1939年）十一月卅日出版，共印1000册，定价每册1.2元。版权页贴"鲁迅"白文章版权票一枚。

此书其他单行本还有：大连光华书店1947年版，人民文学出版社1951年版。

“仍本先生之意”

——《译丛补》（1939年11月）

《译丛补》，鲁迅佚文合集，和《壁下译丛》相对应，共收入论文17篇、小说11篇、杂文8篇、诗3首，鲁迅先生纪念委员会编入“鲁迅全集单行本翻译之部”第21部印行，注明是1926—1935年著。初版本印2000册，版权页贴“鲁迅”白文章版权票一枚。

《译丛补》仅在封面右上位置打着书名，字体蓝色，再未做其他修饰。封底排印有“鲁迅全集出版社”标志。

书后附有许广平所作《编后记》，称文中所收各篇，“陆续搜求，初未料能积成一书，故预告中未经提及，现排于文集《壁下译丛》之后，仍本先生之意，名之曰:《译丛补》”。

一部具有鲁迅色彩的文学史

——《汉文学史纲要》（1941年10月）

《汉文学史纲要》，鲁迅1926年在厦门大学讲授中国文学史课程时编写的讲义，初题《中国文学史略》；次年在广州中山大学讲授同一课程时再次使用，改题《古代汉文学史纲要》。作者生前未正式出版，1938年编入《鲁迅全集》时改用此名。1941年10月鲁迅全集出版社出版单行本，列为《鲁迅三十年集》第20册。定价国币60元，版权页贴“鲁迅”白文章版权票一枚。

此书封面只在右上部分排印书名，未做其他装帧设计。

鲁迅有几项没有完成的写作计划，比如长篇小说《杨贵妃》、学术专著《中国文学史》等。《汉文学史纲要》是鲁迅留下的一部教学讲义，有完整的手稿和油印本，共计10篇，分别是:《自文字至文章》《书与诗》《老庄》《屈原及宋玉》《李斯》《汉宫之楚声》《贾谊与晁错》《藩国之文术》《武帝时文术之盛》《司马相如与司马迁》。他的《魏晋风度及文章与药及酒之关系》对魏晋文学的演变做了十分精彩的讲解，实际上也具有文学史

的性质，故附在书后。这些文章，从不同角度谈到了鲁迅对中国古代文学的看法，选材、体例、观点都有自己的特色，形成了一部具有鲁迅色彩的文学史，在我国文学史研究领域具有重要地位。

“世间已无更善于此者矣”

——《嵇康集》（1941年10月）

《嵇康集》，鲁迅辑录，作者生前未正式出版，鲁迅先生纪念委员会将其列为《鲁迅三十年集》第5册，于1941年10月由鲁迅全集出版社出版单行本。定价国币60元，版权页贴“鲁迅”白文章版权票一枚。

此书封面只在右上部分排印书名，未做其他装帧设计。

《嵇康集》历来散佚颇多，后人辑录成书的不全不备，尽失本来面目，鉴于此，鲁迅1913年10月寓居京师绍兴会馆藤花馆时，着手辑录校勘《嵇康集》，断断续续长达23年。1913年10月1日：“借《嵇康集》一册，是明吴匏庵丛书堂写本。”鲁迅动手抄了一部，其间参校了一些本子和《北堂书钞》《艺文类聚》等类书。10月15日，“夜以丛书堂本《嵇康集》校《全三国文》，摘出佳字，将于暇日写之”。到10月20日，历时20天完成了第一次抄校，并写了一篇跋语：

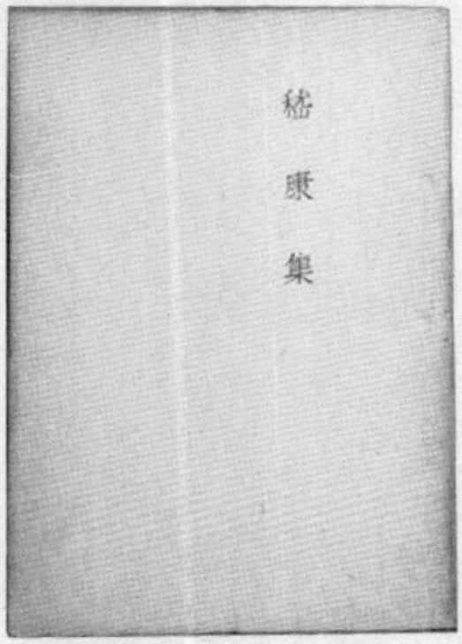

右《嵇康集》十卷，从明吴宽丛书堂钞本写出，原钞颇多讹敚，经二三旧校，已可籀读。校者一用墨笔，补阙及改字最多。然删易任心，每每涂去佳字。旧跋谓出吴匏庵手，殆不然矣。二以朱校，一校新，颇谨慎不苟。第所是正，反据俗本。今于原字较佳及义得两通者，仍依其旧。其漫灭不可辨认者，则从校人，可惋惜也。细审此本，似与黄省曾所刻同出一祖。惟黄刻帅意妄改，此本遂得稍稍胜之。然经朱墨校后，则又渐近黄刻。所幸校不甚密，故留遗佳字尚复不少。中散遗文，世间已无更善于此者矣。癸丑十月二十日周树人灯下记。

这则跋语说明了其所据旧抄校本的基本情况和自己的校勘凡例，“世间已无更善于此者矣”略带自负，但这仅仅是个开头。

自1913年至1935年，鲁迅断续校勘《嵇康集》长达23年，校勘10余次，抄本3种，亲笔校勘本5种，另有《嵇康集》校文12页，即以《全三国文》摘出的佳字。还有《嵇康集考》《嵇中散集考》《嵇康集逸文》等手稿。在鲁迅整理的众多古籍中，《嵇康集》无疑是校勘时间最长、次数最多、花费精力最大的一种。这也许与鲁迅重视乡谊乡情和乡邦文献有关。因为传说嵇康祖籍会稽，其先人因避仇而迁于谯之嵇山下，因变姓为嵇氏。

鲁迅生前由于种种原因没有将《嵇康集》奉献于世，深为遗憾。至1941年10月，鲁迅全集出版社将其列入《鲁迅三十年集》，是功方成，善莫大焉。

后记

文字各有命运。我以前自视甚高的一批随笔、小说作品，至今还沉睡在一台旧电脑中，如今偶尔打开，就想起鲁迅所说的话——这是“过去的梦幻似的无用的劳力”（1921年上海群益版《域外小说集》序言）。而关于鲁迅微观研究的文字，本是兴之所至、随手为之，经年累月，却各有理想归宿，命运出奇地好，已成书者，继《鲁迅草木谱》《鲁迅的饭局》之后，这已是第三本了。

民国以来的艺术作品可谓洋洋大观，但还没有一位美术家、文学家能像鲁迅这样，对书籍封面进行革命性重塑、创造性生成，这正是吸引我探究这一话题的动因。作为中国现代书刊装帧设计的先驱，鲁迅一生缔造了现代文学最醒目的一批“门面”。本书以鲁迅之美为美，梳理了82个鲁迅著译初版本封面，其中蕴含着鲁迅的美术追求和出版思想，也集中展示着鲁迅式的美。因鲁迅著译初版本普遍比较珍稀，接近善本，一部分还是馆藏秘宝，几不示人，本书配图虽尽力搜求，仍难臻满意，只能抱憾了。

感谢鲁迅长孙、鲁迅文化基金会会长周令飞先生的支持鼓励，感谢刘春先生的精心策划与广西师范大学出版社“诗想者工作室”郭静女士的精心编辑。能在鲁迅先生诞辰140周年这一特殊重要的年份与“诗想者工作室”合作并得大先生家人关心关注，如沐春风，与有荣焉。

薛林荣

2021年8月30日

于陇右天水城南水月寺东巷